O Enterro da Cafetina

Marcos Rey

O Enterro da Cafetina

São Paulo
2005

© Palma B. Donato, 2004

1ª Edição, Civilização Brasileira, 1967
2ª Edição, Edibolso, 1977
3ª Edição, Círculo do Livro, 1978
4ª Edição, Global Editora, 2005

Diretor Editorial
Jefferson L. Alves

Gerente de Produção
Flávio Samuel

Assistente Editorial
Ana Cristina Teixeira

Revisão
Cláudia Eliana Aguena

Projeto de Capa
Victor Burton

Editoração Eletrônica
Antonio Silvio Lopes

Dados Internacionais de Catalogação na Publicação (CIP)
(Câmara Brasileira do Livro, SP, Brasil)

Rey, Marcos, 1925-1999.
   O enterro da cafetina / Marcos Rey. – 4ª ed. – São Paulo : Global, 2005.

ISBN 85-260-0977-X

1. Contos brasileiros I. Título

04-8110   CDD–869.93

Índices para catálogo sistemático:

1. Contos : Literatura brasileira   869.35

Direitos Reservados

Global Editora e Distribuidora Ltda.
Rua Pirapitingüi, 111 – Liberdade
CEP 01508-020 – São Paulo – SP
Tel.: (11) 3277-7999 – Fax: (11) 3277-8141
E-mail: global@globaleditora.com.br
www.globaleditora.com.br

Colabore com a produção científica e cultural.
Proibida a reprodução total ou parcial desta obra
sem a autorização do editor.

Nº DE CATÁLOGO: **2579**

*A Cassiano Nunes
e
Mário da Silva Brito*

São estórias noturnas, vividas por pessoas pouco amantes do sol e do ar puro. Parece coisa provada que o sol, além de causar perigosas queimaduras na pele, torna as pessoas preguiçosas e irritadiças. Vejam vocês os boêmios. São criaturas de boa índole, mentalmente muito ativas e, talvez porque não tomem sol, resistem melhor ao álcool e ao sono. Se o sol de fato fizesse tanto bem, como apregoam certos médicos apressados, a África seria o centro da civilização e estaria coberta de chaminés. Quanto ao ar puro, posso informar que as boates substituem-no com êxito pelos aparelhos de ar-condicionado, quase todos de excelente fabricação norte-americana. Alguns injetam no ambiente essências odoríficas, o que estimula o romance quando um piano saudosista colabora com *La vie en rose*.

Os personagens deste livro, como foi dito, são de circulação noturna. Por favor, não os confundam com guardas-noturnos. Esses são profissionais e todos eles odeiam a noite. Não são também pessoas que sofrem de insônia, sempre às voltas com suas pílulas. Quero que fique bem claro: são homens e mulheres que param nos bares, restaurantes, "inferninhos", cabarés, boates e em certas casas onde tudo se tolera. São boêmios por vocação ou por erro de educação, por dor de cotovelo ou qualquer dor, por falta de dinheiro ou por excesso, por vagabundagem ou paixão à sociologia.

O antipático astro-rei se ocultou. Comecemos.

Sumário

Traje de Rigor 13

Mon Gigolô 49

O Enterro da Cafetina 65

Sonata ao Luar 81

O Guerrilheiro 97

O Casarão Amarelo 117

Noites de Pêndulo 139

*Ela é linda; ela está noiva –
ela usa Ponds.*

Traje de Rigor

*Para
Sílvio Donato*

Diante do espelho teve a impressão de que fora desenhado com tinta nanquim. Nunca se vira com tanta nitidez, assim em preto e branco. Parecia ter-se erguido da prancheta dum *layout-man* para os braços de uma noiva. Com estranho prazer, sentia-se um ser artificial, algo elaborado por mãos profissionais, mais pano do que gente. Aos trinta e seis anos vestia um *smoking* pela primeira vez, e era como se tivesse se enfiado dentro duma pele nova. Uma pele especial, fidalga, de rara procedência estrangeira. Não podia adaptar a ela seus músculos e sua mente com a leviandade carnavalesca de quem veste uma fantasia. As lapelas de cetim, o friso indestrutível das calças, os sapatos de verniz lhe punham na boca o gosto de madeira dos manequins. Lamentava que, da terra, pai e mãe não o pudessem ver com o traje de gala. Os dois velhinhos inchariam de orgulho, eles que só tinham visto o filho único vestir roupas proletárias e desajeitadas, de fazendas baratas, trabalhadas em série por mãos magras. Nenhum parente para o sorriso de admiração. Apenas, talvez, o olhar curioso do porteiro do hotel.

Há um mês entrara na alfaiataria para a nobre e grave encomenda. Não discutia preço: queria qualidade. Exigiu o maior cuidado nas medidas. Folheou figurinos com o dedo ágil. Implorou que molhassem a fazenda. Nas provas, renovou as exigências, rodeado pelo alfaiate e oficiais. Depois comprou os sapatos de verniz, o cravo da lapela e ficou à espera da chegada do *smoking*. A princípio ansioso, acabou esquecendo que o encomendara. Só se lembrou dele quando o entregador da alfaiataria apareceu no hotel com cara de quem quer gorjeta.

– Seu Otávio mora aqui?

Habitualmente era generoso nas gratificações. Gostava de lhes acrescentar pilhérias:

– Tome estes vinte mangos. Agora já pode casar.

Não perdeu tempo: era o fim da tarde de sexta-feira e sua folga semanal na agência de publicidade se prolongaria até às nove da manhã da segunda. No entanto, só se sentiria desobrigado do trabalho ao pôr no corpo aquela roupa nova. Sobre o criado-mudo estava o bem confeccionado convite para o baile. Há quanto tempo não ia a um baile? Há uns dez anos ou mais. Provavelmente mais. Desde que se apaixonara irremediavelmente por uma chinesinha de pulôver azul, com a qual dançara meia dúzia de vezes. A única paixão em toda a sua vida que terminaria em casamento. A chinesinha poderia tê-lo salvo da solidão dos hotéis, das bebidas envenenadas das boates e dos amigos cacetes. Ela, porém, não estava apaixonada e desapareceu com seu pulôver azul. Nunca mais a viu.

Ao apertar na cinta a faixa de toureiro, achou-se ridículo, mas gritou "olé!". Teve uma dificuldade enorme para entrar dentro da camisa de peito duro. A gravatinha preta foi um desafio. Devia haver compêndios que ensinassem os cavalheiros a vestir *smokings* ou então cursos rápidos. São Paulo é uma grande metrópole e uma escola assim não fecharia por falta de alunos.

Pronto, finalmente! Não, não ainda. Esquecera o detalhe do relógio. *Smoking* com relógio de pulso? Certo colunista social deplorara em meia lauda o deslize de elegância cometido por figurão da sociedade. De seu pai herdara um relógio de bolso: a ocasião certa para tirá-lo do baú.

Olhou os ponteiros: sete horas. O baile começaria às nove ou, precisamente, às vinte e uma. Teria tempo de sobra para um uísque *sauer* ou um *Manhattan,* bebida muito correta para os homens elegantes. Fitou-se vaidosamente no espelho. A mancha negra que ele era refletida.

Já podia ir: o publicitário Otávio, planificador de algumas campanhas magníficas, autor de vários artigos publicados na PN e na RP sobre a arte de redação do "texto que vende", funcionário bem pago, sem queixas ou reivindicações incômodas, órfão e solteirão, ex-apaixonado duma chinesinha de pulôver azul que conheceu e perdeu num baile do Club Comercial há dez anos, tendo já gozado férias em Punta del Este em época de festival, com um romance superbolado na cabeça a respeito de mocinhas que fazem a vida, apelidado em seu estreito círculo de amigos "lobo da estepe" ou simplesmente Lobo, simplificação que adorava porque queria que o julgassem um perigo para as mulheres, coisa que ele não era – ia de *smoking* novo em folha e alguns milhares de cruzeiros no bolso a um baile muito promissor, patrocinado por publicitários, gerentes de grandes lojas, concessionárias de firmas revendedoras de automóveis, no salão da Casa Portugal, onde se exigia traje escuro, na esperança absurda de encontrar outra chinesinha ou jovem de qualquer raça mesmo latina, com ou sem pulôver, a quem pudesse desposar impetuosamente para atender a um pedido *in extremis* da sua mãezinha querida, que o tivera na conta do melhor moço do mundo.

II

O bar, no interior duma galeria, muito aconchegado, chamava-se Minueto. Muitos homens com pastas debaixo do braço iam lá tomar aperitivos à saída do trabalho. Para outros, era um trampolim para o fundo da noite. Tudo novinho, tudo pequeno, uma porção de pernas masculinas enfileiradas, muitos cálices, copos e taças sobre o balconete.

Otávio sentou-se num banco alto, perto da porta, pediu um *sauer* e ficou espiando o movimento, intenso àquela hora. Como se acompanhasse uma partida de pingue-pongue, seguia as pessoas que passavam apressadas. Um garoto, carregando pacotes coloridos, olhou para ele, com ar gaiato, e riu. Nunca vira *smoking*, por certo. O elegante cavalheiro apertou o convite dentro do bolso. Olhou o cálice: a desvantagem do *sauer* é que não é servido em copos. Acabou o primeiro e nem tinha feito hora. Mandou vir o segundo, agora entregue ao doce prazer de recordar. Não era tão solitário e não podia gastar muito dinheiro em aperitivos e aparelhos elétricos quando se apaixonara abrupta e morbidamente pela chinesinha de pulôver azul. Até aquele instante prometera-se morrer solteirão e freqüentador assíduo do higiênico bordel de D. Daly, sua amiga, conselheira, cartomante e uma espécie de tia muito vivida, com quem costumava ir ao cinema quando a vida ficava muito chata. Dizia, na ocasião, que ele, Otávio, era o dono do seu destino. Mas não com essa simplicidade. Ligeiramente alto ou alegre, explicava aos amigos que pior do que a morte era a rotina burguesa. O filósofo, porém, não estava nele quando, no salão iluminado, deslizou a vaporosa chinesinha de pulôver azul. Com ela se casaria, levando D. Daly por madrinha, e teria filhos de olhos puxados, que ele vestiria à maneira oriental e levaria a passeio nos domingos de manhã. A chinesinha, grávida, ficaria em casa fazendo pastéis de palmito.

— Está de casamento hoje?

Otávio nem se dera conta da aproximação de Rolando.

Não era um amigo, mas um velho conhecido, colega dum jornal onde trabalhara na juventude, depois da guerra. Rolando fazia reportagens policiais ou tentava fazer. Seus íntimos eram "tiras" ou criminosos. Estivera amasiado com uma ladra, a Rutona. Ganhava pouco mais do salário mínimo e usavas sempre um terno só até que perdesse a cor. Usando uma roupa sem cor, ele próprio ficava incolor. As calças e o paletó permanentemente amassados davam a impressão de que a carne de Rolando também era amassada e que dormia dentro duma valise para pagar menor aluguel na pensão onde morava.

— Vou a um baile — explicou Otávio.

— É exigido *smoking*?

— O convite diz apenas traje escuro. Resolvi exagerar porque nunca tive um *smoking* e porque meus pais sempre acharam que eu devia ter um.

— Pague-me uma bebida dessas — pediu.

— Não, isto é uísque. Pago a meia-de-seda.

— Foi bom ter encontrado você... — começou o repórter.

Rolando estava sempre querendo vender alguma coisa a quem não queria comprá-la. Distintivos, capacetes da revolução e algemas. Mostrou à altura da cinta um revólver de cabo preto. Alemão, legítimo. Em sua opinião, todos os homens deviam ter um "berro". Aquele era uma pechincha. Valia duzentos mil cruzeiros, mas o vendia por trinta só porque simpatizava com Otávio.

— Obrigado, Rolando, não quero.
— É de graça.
— Não gosto de armas. Já me disseram que sou um suicida em potencial. Mas compraria um arco e flecha se você tivesse para vender.

Rolando argumentou que ele podia negociar o revólver, ganhar em cima. Dinheiro em caixa. Só não fazia isso porque precisava de dinheiro com a máxima urgência.

— Tome a meia-de-seda.
— Ah, a meia-de-seda...

Gianini, cada vez engordando mais, parou no centro da galeria, a apontar para Otávio, rindo como se estivesse no circo. Otávio não sabia donde o conhecia, mas todos o conheciam. O gorducho, porém, tivera a maior notoriedade no passado quando cantara óperas na Rádio Gazeta. Tirara retratos abraçado com Gino Becchi. Dera entrevistas comendo macarronada. Despedira-se dos amigos para cantar no Scala, mas não embarcara. Atualmente, além, de beber, ninguém sabia o que fazia. O principal, no entanto, é que continuava eufórico.

— Como está belo! — exclamou Gianini.
— Não deboche.
— Belo como um provolone. Dá gosto ver você assim...

Rolando tinha um segredo para o garção: queria outra meia-de-seda. Otávio defendia-se dos braços de Gianini, que ameaçavam amassar-lhe a roupa. Mas, bruscamente, o velhote gorducho interrompeu a massagem:

— Que estão bebendo? Ah, me esqueci de que não bebo mais!

— Está doente, Gianini?
— Esse fígado filho dum cão! — exclamou como se tivesse perdido toda a família num desastre.

— Quebre a dieta hoje!
— Bem, quebro. O seu é meia-de-seda, Rolando? Então quero uma meia-de-seda.

Otávio consultou o relógio:

– Às nove tenho o baile.

– Ah, você vai a um baile? Como está bonito, Provolone, com essa jaqueta!

– É *smoking!*

– Que figura grandiosa! Você parece um embaixador! Como é, tem ganho muito dinheiro?

– Mais ou menos.

– Uns cem.

– Mais.

– Duzentos?

– Acho que mais.

– Cáspite, o que faz com tanto dinheiro? – olhou o cálice. – Está bebendo uísque... Rolando, ele bebe uísque enquanto a gente arrebenta o fígado com a meia-de-seda. Mas você está muito elegante, Provolone! Que Deus o conserve elegante e rico.

No bar, lá no fundo, havia um espelho. Otávio identificou-se logo. Ele era a mancha preta com ângulos retos. Rolando, o homem amassado e Gianini a massa redonda com um botão quase a estourar no meio. Perto dele, os outros pareciam mendigos. Por Deus, tinha de se dar com gente de melhor classe!

– Está boa a meia-de-seda – observava Gianini.

Otávio olhava para o interior do bar, alheio. Era agradável estar ali, naquele rápido encontro com amigos, ciente de que logo chegaria a hora do baile. Via-se dançando com uma moça grã-fina, recém-chegada da Europa, onde fora fazer um curso de *bridge* e outro de preparo de coquetéis exóticos. Uma moça de dentes de pérolas, sorriso fotografável, sobrancelhas pintadas e ambições internacionais. Uma dessas jovens que levam passaporte na bolsa e que adoram Pruuuuust. Ele também diria que adorava Pruuuuuust. Depois iriam fazer coisas feias dentro dum automóvel, dum bar ou dum reservado, com os requintes de Pruuust.

Despedia-se de Rolando e Gianini, este já começando a ficar cansativo com suas exclamações, brados, abraços violentos, beliscões no rosto, peninsularmente exagerado em tudo, quando um quarto personagem ia passando e ficou.

– Conhece o Geraldo? – indagou Gianini. – Geraldo é o melhor homem do mundo.

– Não disse que sou eu o melhor do mundo? – protestou Otávio.

– Você, entre os boêmios, mas Geraldo é diferente. Trabalha a semana toda, até nos feriados, nunca tirou férias, tem quatro filhos, é pai e marido exemplar. Não é como nós, que não ligamos para nada. Leva a vida a sério. Nem cheira o álcool. Passa longe da cachaça. Minto, Geraldo?

Otávio examinou o novo personagem. Era magro, acanhado, tinha um sorriso tímido nos lábios e uma pasta debaixo do braço. Sua roupa era bem passadinha, limpa, mas de péssima categoria, comprada feita. Chefiava um pequeno escritório onde entrara como contínuo e aos poucos fora conquistando a confiança dos patrões – era o que Gianini contava. Além dos filhos e da esposa, sustentava a mãe e a sogra, paraplégicas ambas.

– É de homens assim que o Brasil precisa! – bradou Gianini apontando o peito de Geraldo com seu dedo gordo.

Rolando olhava-o com melancolia. Não via nele um freguês para o revólver. Mas faria sua tentativa no momento oportuno. Ah, precisava vendê-lo!

– O que você leva aí? – perguntou Gianini a Geraldo, que também carregava um pequeno embrulho.

– Leite Ninho.

– Leite Ninho! – exclamou Gianini, tomando-lhe a lata e erguendo-a como um troféu. – Feliz da criança que tem um pai como esse! Sempre o vejo levando leite para casa.

Você leva leite para casa? – perguntou ferozmente a Rolando.

– Não tenho filhos. Isto é, acho.

Gianini não devolvia a lata ao já aflito pai dos quatro meninos.

– Mesmo se tivesse, não levaria. Conheço você. – Voltou-se para Otávio. – Conheço também você. Vá, Geraldo, vá. Leve o leite para as crianças, que devem estar esperando.

– O mais moço está com febre.

– Com febre, coitado... – lamentou Gianini, com lágrimas nos olhos. Geraldo estendeu a mão e despediu-se de Otávio e de Rolando.

— Tome uma meia-de-seda com a gente.
— Não posso, Gianini.
— É cedo, pode, sim.
— Nunca bebo.
— Um quinado, garção! Quinado só pode fazer bem. Você anda muito pálido, Geraldo!
— Tome — pediu Otávio. — Eu pago.
— Vê como ele é bom! — exclamou Gianini. — E como fica bonito de jaqueta? Esse é que goza a vida! Solteirão e cheio da nota! Tá?

Geraldo observava Otávio como se ele fosse um bicho raro. Não tirava os olhos do seu *smoking*. Nunca vestira um. Sempre invejara os que vestiam roupas de gala. Mas não podia queixar-se muito da vida: tinha os meninos.

— Bom o quinado? — perguntou-lhe Gianini afetuosamente.
— Bom, sim.
— Vamos tomar nova rodada. Garção, sirva a gente! Seu destino é servir, pichinim.

O garção riu: ele chamava todos os garçãos de pichinim. Otávio olhava o relógio:
— Logo eu me despeço.
— O baile o espera, mas é feio chegar muito cedo. Como está belo, Provolone!

Rolando tinha uma pergunta importante a fazer a Geraldo:
— Onde o senhor mora?
— Jabaquara.
— Puxa, como é longe! É um lugar perigoso! Sou repórter policial e sei. Não faz muito tempo, um delinqüente entrou numa casa e matou a família inteira. Depois estuprou os cadáveres das mulheres e crianças. Por que não compra um revólver?

Rolando puxou Geraldo para seu lado e ficou argumentando. Mostrou-lhe o revólver preso ao cinto. O outro ouvia-o com terror. Nunca lhe ocorrera que sua vida e a dos seus corresse tanto perigo. Queria detalhes do crime do Jabaquara. Viu-se caído e ensangüentado numa rua deserta do bairro, quando descia do ônibus.

Gianini envolveu com seu braço grosso os ombros mirrados de Geraldo:

— Pare com essa conversa, Rolando. Se falar mais um pouco, eu choro.

— O mundo é cheio de maldades — disse o repórter.

— O mundo é perverso — concordou Gianini.

Rolando mostrou o revólver todo, tirando-o do cinto. O resultado não foi bom: Geraldo recuou com a boca aberta.

— Não quero comprá-lo — disse.

— Você precisa defender seus filhos — insistia Rolando.

Geraldo se sentia como um pai desnaturado e tinha vergonha dos amigos, mas o revólver duro, reluzente, frio, com as balas mortíferas lá dentro e, sobretudo, caro, intranqüilizava-o.

— Guarde isso — pediu Gianini, cobrindo a arma com a manopla.

Rolando obedeceu, à espera de nova oportunidade:

— Um revólver é útil numa família — considerou.

— Quem bebeu minha meia-de-seda?! — protestou Gianini.

— Eu não fui.

— Não sei quem foi, mas beberam. Pichinim, mais uma meia-de-seda! Eh, Geraldinho, o quinado acabou. Vamos repetir a rodada. Você não, Provolone. Você vai dançar. Não pode fazer feio no salão. Pode?

Otávio concordou: não podia. Mas pediu outro *sauer*.

— Aqui servem empadinhas? — quis saber Rolando.

— As daqui fazem mal — advertiu Gianini. — O que ia bem agora era uma pizza no Papai. Álcool abre o apetite. O que me diz duma pizza, embaixador? Antes duns giros no salão até à madrugada?

— Fica tarde.

— A orquestra não começa sem você. Vamos à pizza?

Otávio também estava com fome. Rolando lambeu os beiços.

— O senhor vai? — Otávio perguntou a Geraldo.

— Não posso.

— Ele precisa levar o leite Ninho — explicou Gianini.

— Acompanho vocês até à porta. É no meu caminho.

— Pague a conta e vamos, Provolone.

III

Otávio, Gianini e Rolando juntaram duas mesas e pediram duas pizzas. Se no bar estava bom, ali era ainda melhor, com o cheiro de comida apimentada. Geraldo entrara, porém permanecia de pé. Tinha inveja daqueles homens que podiam chegar em casa quando bem entendessem. Desde que casara não entrara mais numa pizzaria. E o pior é que também estava com fome, com uma terrível fome, com uma incontrolável fome.

– Sente e coma – aconselhou Gianini.
– E o meu horário?
– Você não é trem, meu amigo. Que mal faz em chegar tarde?
– Há telefone por aqui?
– Mas claro que há! Avise sua cara-metade que vai demorar. Não é simples? – E voltando-se ao garção: – Pichinim, vinho!

Quando Geraldo voltou, recordou os tempos de solteiro simbolizados em duas redondas pizzas napolitanas. Lá estavam também, já abertas, duas garrafas de vinho.

Sempre solícito, Gianini encheu-lhe o copo.
– Beba, Geraldinho. Não se preocupe com a conta. O Provolone, aqui, paga. Ele ganha muita nota com reclames. Diga um dos seus reclames – pediu a Otávio. – Sabia alguns de cor mas me esqueci.

Otávio, meio encabulado, recitou:
– Mil à vista e o resto a perder de vista.
O velhote bateu palmas:
– Não é um gênio?
– Muito bom – concordou Geraldo, tranqüilo porque conversara com a "patroa" e porque não ia pagar a conta visivelmente gorda do restaurante. Experimentou o vinho com os lábios retraídos.

Gianini bebia sóbria e concentradamente. Olhava o fundo do copo como se quisesse ler através do vinho alguma mensagem sinistra. A primeira garrafa chegara ao fim e a segunda não prometia ter vida longa.

Com a boca cheia de *mozzarela*, Rolando falava nas qualidades do seu revólver alemão. As balas, frisava, varam um poste. Fazia mau negócio em vendê-lo, péssimo negócio.

— Se estourar revolução, a gente vai precisar de armas — disse Gianini, profético. — Peguei no pau furado em 24, 30 e 32. Não, em 32 não. Ou peguei? Não recordo.

— Em 32 você era cantor — lembrou Rolando. — Um grande cantor. Vi você no *Rigoleto*.

Gianini largou o copo, corado:

— Você me viu no *Rigoleto?* E na *Tosca*, viu? Não me viu na *Tosca?*

Rolando sacudiu a cabeça: a falha era irremediável. Como fazer recuar o tempo vinte ou trinta anos?

— A sua voz era um trovão! — lembrou o repórter, com os olhos na mesa. — Outros podiam ter mais escola. Mas você era um trovão.

Gianini repousou sua manopla no ombro do amigo, agradecido:

— Fosse eu moço... Uma vez cantei tão alto, que rompi as vidraças dum teatro. Foi em Curitiba ou Florianópolis. Não recordo. No dia seguinte, os jornais da terra não falavam de outra coisa. Chamavam-me *O Quebra-Vidros*. Mas por que lembrar essas coisas? Mais um copo, Provolone?

Otávio matara a fome, mas a sede não.

— Bebo mais um copo e caio fora.

— Onde vai? — quis saber Gianini.

— Ao baile. Esqueceu?

— Você está belo, Provolone, com essa jaqueta! Você é moço, esbelto e talentoso! Bebo à sua saúde.

Os outros ergueram os copos no ar.

— Obrigado, Gianini, mas não sou esbelto. Peso sessenta quilos só. E começo a envelhecer.

— Que idade tem, Provolone?

Otávio saltou para trás, olhos arregalados, perplexo. Fitou um a um os companheiros.

— Que dia é hoje?

— Vinte e três.

— Março, vinte e três?

— Exato, Provolone.

Otávio sorria, surpreso. Sorriso nervoso, infantil, idiota:

— À meia-noite, aniversario. Faço trinta e sete anos. Como é que fui esquecer? Não me lembrava. Que miolo mole eu tenho! Não é o cúmulo? É ou não é?

Gianini deu-lhe um beijo molhado na face:

– Deus o abençoe, Provolone.

Rolando e Geraldo estenderam a mão sobre a mesa:

– Parabéns, Otávio.

O publicitário continuava atônito. Como esquecera o dia do próprio aniversário? Era demais, a prova de que o fosfato ia com os textos que redigia para os clientes milionários da sua agência. Se continuasse a trabalhar tanto, envelheceria antes do tempo, ficaria débil mental, calvo e tísico.

– Quero lhe fazer um presente – disse Gianini, consultando a carteira de dinheiro. – A data não pode ficar assim.

– O que você quer?

– Um champanhota.

– Obrigado, Gianini. Vamos ao champanhota.

Gianini sacudiu a cabeça:

– A intenção foi boa, mas o dinheiro não dá. Pague você mesmo o champanhota, Provolone. Mande vir logo dois. Depois lhe devolvo a gaita. Confia em mim, amigão velho?

Vieram dois champanhas e quatro taças. Gianini fez questão de abrir um deles, no que não foi bem sucedido. Mais da metade da garrafa desperdiçou-se em espuma sobre a mesa. A rolha voou longe. Ele, porém, não se afligiu.

– Isso dá sorte! – exclamou. Umedeceu o grosso dedo e passou-o na testa do aniversariante. – Você vai ter um bruto futuro, Provolone. Será um verdadeiro príncipe!

Otávio estava comovido, embora tivesse de pagar a conta:

– Você é um bom sujeito, Gianini!

– Você que é bom.

– Não, bom é você.

O champanha sobe como um foguete, ainda mais quando misturado com vinho, *sauer* e meia-de-seda. Alguém é capaz de resistir à mistura por algum tempo, mas ninguém pode resistir por muito tempo. Os quatro amigos começaram a sua viagem, os líricos astronautas, os heróis do cosmos, milionários das horas de vôo e de embriaguez.

– Quem vai fazer o discurso? – indagou Rolando.
Geraldo tirou o corpo:
– Sou um fracasso para discursos.
– Também eu.
Gianini suplicou ao aniversariante:
– Fale você. A gente ouve e aprende.

Segurando sua taça de champanha e observando que o velhote fazia sinal ao garção para trazer mais uma garrafa, Otávio começou o seu discurso longo, difuso e subordinado aos mais variados e imprevistos estados de espírito. Percebia-se o estreante da oratória, porém tinha a sua maneira própria, completamente indiferente e livre das escolas. Falava ora baixo, ora alto. Lançava indagações. Certos trechos eram cínicos, outros filosóficos, muitos deles banhados em melancolia. Notava-se o poeta e o metafísico, arriscava profecias, demorava-se em passagens instrutivas com a fisionomia dum mestre-escola.

Rolando e Geraldo ouviam-no, procurando acompanhar o fio do raciocínio, sem êxito, ao contrário de Gianini, que aprovava cada frase, meneando a cabeça. Aquela literatura lhe atingia o coração diretamente, dispensando baldeação no cérebro.

– Não é porque estou de *smoking* que sou um cara diferente dos outros – disse Otávio, demagógico. – Pus essa roupa aristocrática porque vou a um baile: aqui tenho o convite para mostrar. Sou igual a todos e quando bem moço fui garção – revelou, amargo. Em seguida, falou ligeiramente dum tio que morrera num desastre de estrada de ferro e passou a elogiar o trabalho modesto, mas profícuo dos carteiros. Tinha profunda admiração pelos carteiros (porque os homens que escrevem cartas ainda merecem confiança e respeito) e os carteiros sabem disso. Na faixa seguinte, fez uma colorida apologia do Uruguai. Com que entusiasmo falava do Uruguai! Os países sul-americanos, no seu entender, deviam dar-se as mãos e ter o Uruguai como exemplo.

– Sublime, Provolone! – louvou Gianini.

– Vou pagar essa despesa e todas as despesas, pois sempre pago quando estou entre amigos (foi a frase de maior sucesso do discurso). – Mas não queria falar de si mesmo exclusivamente. Traçou um perfil rápido do Mahatma Ghandi e outro, ainda mais rápido, de Clemente Ferreira. Lamentou que não tivesse participado da campanha da Itália. Se convocado, teria lutado com muito heroísmo, embora com certa discrição. Com muita esperança referiu-se ao cinema nacional e revelou, com tom confidencial e fraterno, planos duma viagem que pretendia fazer ao redor do mundo. Disse versos: uns de Manoel Bandeira, outros de Raul de Leoni (Escarra nessa boca que te beija). Não, era de Augusto dos Anjos, corrigiu em tempo. "Recife. Ponte Buarque de Macedo..." "Melancolia estende-se a tua asa." Recitou outros versos, que mais tarde confessou serem seus.

Gianini interrompeu com palmas no justo momento em que o abordou um vendedor de bilhetes com sua carga de ilusões. O velhote explicou que Otávio aniversariava, e democraticamente lhe ofereceu uma taça de champanha.

– Compre um bilhete – pediu o vendedor.
– Compro – respondeu Otávio.
– Tenho a vaca.
– Me dá vaca – ordenou o publicitário, apanhando o bilhete e apressando-se em pagá-lo.
– E se você ganhar? – aventou Rolando.

Otávio tomou um longo gole de champanha, que lhe escorreu pelo queixo:

– Se eu ganhar, não pensem que me transformarei em agiota. Prefiro virar o inseto de Kafka. Vou gastar o dinheiro em balões de assoprar, que distribuirei entre as crianças. Elas precisam saber muito cedo que há coisas que somem e que não voltam mais. É um triste, mas necessário ensinamento. Comprarei fotografias obscenas e mandarei pelo Correio a todas as solteironas, solteirões e presidiários do País. Será um belo presente. E para os velhinhos comprarei exemplares velhos dos jornais para lerem as notícias de quando eram jovens.

Gianini estava encantado:
– Lindo, Provolone! Sublime!

Geraldo não aprovava:
– E o sentido? Não faz sentido?

O velhote, apesar da admiração que nutria por Geraldo, teve-lhe ódio:

— Oh, você não entende nada! É um burguês! Dá aqui esta lata de leite! — Tirou-lhe a lata, conservando-a entre suas mãos grossas, como se ela impedisse Geraldo de entender a linguagem romântica dos bêbados.

Otávio olhou para Gianini, agradecido:

— Bonito gesto, Otávio... O leite é uma mercadoria odiosa. É ele que faz as crianças crescerem, ficarem adultas e depois desiludidas e revoltadas. Comércio infame!

Geraldo arrebatou de Gianini a lata de leite:

— Vocês estão bêbados!

O velhote ficou profundamente ofendido:

— Ele disse que estamos bêbados! Sou capaz de beber um tonel, ouviu? Minto, Provolone?

Também ofendido, Otávio ameaçou terminar o discurso:

— Não direi mais nada — decidiu.

— Prossiga — pediu Gianini.

— Disseram que estou bêbado e me calo.

Os três, inclusive Rolando, voltaram-se contra Geraldo. Não se podia tachar de bebedeira certas evasões líricas, algum desprendimento da coerência do dia-a-dia e o premeditado surrealismo duma frase ou outra. Claro que estavam um tanto altos ou alegres, admitia Gianini contrariado, mas era uma boêmia sadia, uma festa entre amigos e a euforia dum aniversário. Mas Geraldo insistia, embora sem ênfase, que o comprido discurso de Otávio não tinha nexo. Estava ali a perder tempo quando podia estar em casa com os filhos (o mais novo tinha febre). No íntimo, todavia, adivinhavam os demais, ele antipatizava com Otávio e com seu *smoking* lustroso, invejava-lhe a roupa, a liberdade de quem vive só num hotel e gostaria de estar em seu lugar a caminho do baile.

— Você é um escravo da rotina! — bradava Gianini. — Por isso não entende certas coisas. O Provolone, aqui, se quiser, amanhã mesmo embarca para o Saara. Não pode embarcar para o Saara? — indagou.

— Posso.

— Viu? Pode. E você, com seus fedelhos, pode? Pergunto: pode?

Geraldo, de fato, não podia, mas também não entendia por que embarcar para o Saara. Irritado, começou a defender sua situação de homem casado e pai de filhos. Falou da satisfação que sentia ao voltar para casa. Os meninos o rodeavam e ele lhes dava balas. Uma vez por mês iam todos almoçar num restaurante.

— Você tem lá suas razões — concordou Rolando. — Por isso é que lhe disse que deve defender o seu lar. Compre o revólver e haverá mais tranqüilidade em sua casa.

Otávio viu as horas. Quase dez, mas os bailes nunca começam na hora marcada. Não havia razão para pressa. Geraldo, porém, queria ir embora.

— Para mim, chega! — disse, pondo o copo com a boca voltada sobre a mesa. — Vou embora.

Gianini mandou o garção trazer a conta e a entregou solícito a Otávio.

O aniversariante foi o primeiro a erguer-se e caminhou para perto dum espelho. Sua aparência continuava ótima. O gorducho Gianini, o amassado Rolando e o anêmico Geraldo também passaram diante do espelho, a caminho da porta.

Na rua, encheram os pulmões de ar, Gianini continuava feliz:

— Vejam quanta gente na rua! Por isso que amo esta cidade! Provolone, quando você morrer seus amigos exigirão dos vereadores uma rua com o seu nome.

— Quem sou eu? — recuou Otávio, modesto.

— Não só uma rua como também uma estátua. Você de *smoking* em cima dum cavalo. Embaixo, uma placa: "O Homem da Avenida". E talvez um dos seus *slogans:* mil à vista e o resto a perder de vista.

Geraldo parou:

— Aqui me despeço.

Gianini lhe estendeu a mão, mas não apertou a do outro.

— O que há lá embaixo? — perguntou. — Que estabelecimento é esse? Um subterrâneo! Deve haver múmias e vasos etruscos. O que é?

— É uma boatezinha — informou Rolando. — A Gruta. Já estive aí.

Gianini consultou Otávio numa olhada:

— Quer festejar mais um pouco o aniversário, Provolone?

Ele consultou o relógio:

— Só se for uma horinha... Conheço a boate.

— Uma horinha — garantiu Gianini.

Rolando topou, Geraldo não.

— Aposto que nunca entrou numa boate — disse-lhe Gianini. — Já que sua patroa lhe deu o alvará, por que não aproveita?

Argumento sensato. A Gruta era um buraco mal iluminado, cheirando fortemente a coisas velhas. A decoração, rústica. Os quatro se dirigiram a uma mesinha. Viram uma pequena pista vermelha ou iluminada por luzes vermelhas. Um balcão no fundo. Garçãos folgados. Pouca freqüência. Um conjunto musical com três instrumentos e uma gerente superbalzaquiana que sorria para todos os que entravam.

— Você, Lobo?

Otávio ergueu-se para beijar a mão perfumada e plissada da gerente.

— Antonieta, minha amigona.

Gianini viu a mesma mão diante dos olhos e beijou-a. Percebeu sem grande dificuldade que se tratava de mão feminina.

— Somos amigos do Otávio — disse. — Ele faz anos hoje.

Antonieta abraçou o aniversariante:

— Verdade?

— O que vamos beber? — Otávio quis saber. — Tomo uísque.

Geraldo não se lembrava de já ter tomado uísque. Quis um. Rolando declarou que não queria dar despesas, mas pediu outro. Gianini acompanhou os amigos. A gerente sentou-se com eles, com ar alegre, saudável, irmã mais velha, transviada, sim, mas cheia de excelentes justificativas.

— Nosso amigo aqui fez um bonito discurso — informou Gianini.

— Não acabou ainda — disse Geraldo.

— Por que não continua, Provolone?

Otávio, que começava a ser chamado Lobo, achou o local impróprio para discursos. O velhote não pensava assim: a coisa mais nobre da noite fora o discurso. O Lobo resistia, mas o segundo uísque lhe demoliu a resistência.

— Meus amigos, confesso que sou um materialista grosseiro — começou, sentado.

— Não — protestou Gianini. — Você não é grosseiro.

— Sou, sim, materialista grosseiro, marxista-leninista fanático.

Estive com passagem comprada para Cuba, isto é, pensei em comprar a passagem. Mas numa coisa acredito, se acredito! Nessa coisa chamada destino, que nos reuniu aqui como os quatro cavalheiros do Apocalipse. – A comparação era forçada, mas prosseguiu: – No destino que armou esse festim para comemoração do meu aniversário. – Passando para uma fase mais dramática do discurso, disse: – Vou dizer um troço para vocês, que são meus amigos, que são meus irmãos: Nunca passei um aniversário acompanhado.

– Você me corta o coração, Provolone.

– Muitas vezes comemorei a efeméride andando no meio da rua. Num ano, tomei um porre e um guarda me prendeu. Noutro tomei uma droga para dormir e fiquei dia e noite na cama. Lembro-me de um em que perdi o emprego. De todos, foi este o mais... o mais...

– Fale, Provolone, fale.

– O mais agradável, suponho.

Uma lágrima brilhou nos olhos de Gianini. Rolando, no entanto, terrivelmente prático, avizinhou-se da gerente e foi dizendo:

– Suponho que costumam vir desordeiros aqui... Por que a senhora não compra um revólver?

– Temos um na caixa.

– Ah...

Otávio olhou o relógio:

– Passa das onze. Preciso ir ao baile.

– Vamos com você até o local – disse Gianini. – Ficaremos na rua, vendo você dançar. Procure dançar perto das janelas, com uma moça bem bonita, e às vezes olhe para baixo, onde estaremos.

– Não sei se encontro moça disponível.

– Encontra, sim.

– Tomemos o último e vamos.

Ao contrário do que se podia esperar, Geraldo protestou:

– Não quero ir para casa.

Não era ainda uma resolução final, enérgica, heróica. Queria dizer simplesmente que era cedo para voltar para casa. A mãe cuidaria do menino com febre. Apanhou sua dose da última e triste rodada.

Gianini, sempre abraçado com Otávio, recordava coisas do passado: — Eu podia ser outro hoje se não fosse um tal Vilaboim. Conheceu o *maledetto* Vilaboim?

Era o inimigo do Gianini, o homem que lhe atrapalhara a vida, lhe passara a perna, tentara arremessá-lo no abismo. Que ódio mortal sentia, na penumbra da boate, do Vilaboim! Oh, se pudesse estrepá-lo!

— Que lhe fez o tal Vilaboim?

— Não me fale desse cão.

— Que lhe fez?

— Se eu pudesse matá-lo...

Rolando mexeu-se:

— Não tenho nada com isso, mas estou vendendo um revólver.

Gianini quis ver a arma.

— Não, não – implorou Otávio.

Soturnamente, Gianini pegou a arma fria e pesada e se pôs a examiná-la, com olhos de médico. Depois a aqueceu com as mãos enormes. Permaneceu minutos nessa posição dramática, cabeça baixa, ar concentrado, ódio, só ódio. Finalmente a devolveu ao repórter num gesto casual e lento.

— Continue o discurso – pediu.

— Não forma sentido – protestou Geraldo.

— Que entende você de filosofia, literatura e outras coisas complicadas? – revoltou-se o velhote. – Você só sabe fazer filhos, nada mais. Transferir responsabilidades para umas pobres criancinhas inocentes. Todos os pais do mundo deviam ser assassinados.

Geraldo procurou no escuro da boate a lata de leite, sua trincheira.

— Não entendo o que ele fala.

Antonieta juntou-se aos demais:

— Continue o discurso, Otávio.

— Não posso – respondeu. – Está tocando uma velha música. Me dá vontade de chorar – confessou, curvando a cabeça. – Que memória desgraçada tem esses músicos! Tocavam essa canção na noite em que vi a chinesinha de pulôver.

— Você está apaixonado? – perguntou a gerente.

— Por uma chinesinha – explicou Gianini, cortês. – Eu também admirei muito, no passado, a raça amarela. Não faltava à Festa do Caqui.

Otávio realmente tinha vontade de chorar.

— Mande parar essa música — implorou.

A gerente fez sinal a um dos músicos. Ele não entendeu e aproximou-se da mesa:

— O que querem ouvir?

— Tudo menos a música que acabou de tocar. Pelo amor de Deus!

Gianini forneceu os detalhes:

— Não leve a mal, mas o nosso amigo aqui é sentimental como todo mundo. O senhor tocou, aliás divinamente, uma música que lhe acordou velhas lembranças.

O músico prometeu só tocar músicas alegres e afastou-se.

— E o discurso? — exigiu Rolando.

Otávio olhou-o: Rolando estava tão amassado como uma bola de papel atirada a um canto dum escritório por uma secretária histérica e solteirona. Gianini, ainda mais gordo e desleixado. Geraldo se afundara na poltrona, ambientado.

— Anete vem hoje? — Otávio perguntou à gerente.

— Hoje, não.

— Está no apartamento?

— Com um caipira rico.

Otávio consultou o relógio:

— Se não fosse tão tarde...

Rolando interessou-se:

— Ia aonde?

— Num certo apartamento onde há algumas pequenas. Anete é a mais bonita. Parece francesa. Não é, mas parece. Há também a Magnólia, uma lourona bonita. Lá tem também a Celeste, moreninha miúda...

Geraldo dobrou-se sobre a mesa, as orelhas crescendo:

— Mais de dez anos que não vou num lugar desses.

— Você gostaria de conhecer as moças.

O bom pai, bom marido e bom funcionário olhou a lata de leite.

— Fica para outra vez.

Gianini era um escravo dos amigos:

— Vou aonde vocês vão. Sigo os meus amigos como um cão. Vocês são tudo que tenho no mundo.

Geralmente os bailes se prolongam pela madrugada. Sobrava tempo para uma passada no apartamento de Anete. Otávio começava a sentir a sensação máxima da liberdade total. Ah, astronauta... Pediu a conta, pagou-a e saltou de pé. Aí notou que... Não notou nada. Afinal, ninguém é de ferro.

A gerente os acompanhou até à porta:

— Voltem sempre. A casa é de vocês.

Gianini beijou-lhe ambas as mãos:

— A senhora é um anjo.

Já havia menos gente na rua, mas o velhote continuava a improvisar odes à cidade. Ia na frente do grupo, rolando como um tanque de guerra. Otávio seguia-o em longas passadas. Rolando, abraçado com Geraldo, tinha o revólver como assunto.

— Não é muito longe o apartamento — informou Otávio.

— Que importa, eu o sigo como um cão.

— Sabe que nunca ouvi você cantar. Como o chamavam?

— O Quebra-Vidros.

Gianini não se fez de rogado. Começou a cantar alto, altíssimo. Era um trecho da *Tosca*. As janelas dum apartamento se abriram e um palavrão atravessou a noite. Uns moleques que passavam num bonde bateram palmas. Com a voz mais grossa que um tronco de árvore, Gianini cantou uns oitocentos metros. No fim, ficou rubro, rouco e teve um acesso de tosse.

— Maldito fumo!

— Voz linda, Gianini. Não entendo por que o expulsaram do rádio.

— Ninguém me expulsou! — bradou Gianini. — Quis dar oportunidade aos novos.

Geraldo, que os alcançou, tinha uma reclamação:

— Não acorde os outros, Gianini. Puxa, como canta alto!

— Que você entende de música? Burguesote!

Gianini jurou que alcançava notas mais altas que as de Caruso. Mas não tivera sorte, até nisso o diabólico Vilaboim interferira.

Otávio olhou para o alto:

– Chegamos.

Geraldo se pôs a tremer. Faltava-lhe coragem para entrar num lugar daqueles. Foi preciso que Gianini e Otávio o empurrassem para dentro da porta. Entraram no elevador e, sem se importar com o silêncio do prédio, o Quebra-Vidros voltou a cantar. Pararam diante dum corredor escuro e dum botão de campainha.

O apartamento era pequeno, muito azul e abafado. Anete, Magnólia e Celeste fumavam e a dona do estabelecimento, D. Daly, fumava com piteira. Encontravam-se as quatro numa saleta entre almofadas, bibelôs e discos. De homem apenas um japonês que, à chegada dos visitantes, demonstrou desejo imediato de retirar-se.

– Você é agora porteiro de algum lugar de luxo.
– Vou a um baile.
– Fica bem de *smoking*, mas precisa acertar a gravata.

Gianini acusou logo uma sede imensa:
– O que há para beber?
– Cerveja.
– Serve.

Algumas garrafas de cerveja se materializaram sobre a mesa e foram distribuídos copos. Geraldo, para ganhar coragem, acabou logo com a metade duma garrafa. Rolando, por causa do seu traje, viu-se um tanto desprezado pelas fêmeas, mas Gianini rompeu qualquer inibição. Como era o mais velho, contentou-se em fazer a corte à dona da casa, a quem chamava de madama e dava insistentes beijos na nuca.

– Venha aqui, Anete – ordenou Otávio, fazendo a moça sentar-se sobre suas pernas. – Magnólia, tire a lata de leite das mãos do Geraldo. Isso me irrita.

Depois dos copos de cerveja, Geraldo pôde rir atrevidamente. O homenzinho parecia ter acabado de ler toda uma biblioteca de livros pornográficos. O seu riso era viscoso, o bote preparado, a alma cheia de fuligem. A maneira com que olhava para as moças chegava a ser indecente.

– Ele está mal intencionado – observou Magnólia.
– É um excelente pai de família – informou Otávio. – Mas essa despesa eu não pago.

Geraldo consultou a carteira e começou uma ignominiosa e aviltante consulta sobre o preço da carne humana. Gianini, que era lírico e muitas vezes austero, condenou-o:

– Você não está num supermercado. Ponha duas notas de mil no bolsinho da senhora e não toque mais no assunto.

O bom chefe de família fez o que o companheiro mandou e acrescentou um sinal cafajeste para Magnólia. Ela, moça expedita e simplória, de cabelos e alma oxigenada, prática e esportiva, sorridente e responsável, fez-se conduzir pelo braço de Geraldo até seu quarto, onde havia mais bibelôs do que seres humanos em Mônaco. Ao entrar, disse ao freguês:

– Por favor, espere eu tirar a roupa.

Os outros ficaram atrás da porta e Gianini, que não se sabia se estava ébrio ou feliz, bradava:

– Foi-se o dinheiro do empório, Geraldo! Sua mulher e os meninos vão passar mal a semana! Seus amigos, aqui reunidos, aconselhamos a abandonar o comércio da carne e voltar aos programas de televisão.

Geraldo decerto não ouvia. Observava Magnólia, que tirava um gato preto do interior dum criado-mudo branco.

– Ele dorme aí? – indagou.

– Dorme, sim. Se sair do criado-mudo se perde.

– Gostaria de viver dentro do seu criado-mudo – balbuciou Geraldo.

– O quê?

Apenas Geraldo tinha um fim definido. Os outros queriam somente a companhia das moças e o gosto doméstico da cerveja. Rolando dançava com Celeste e perguntava se a casa já fora assaltada. Por que não compravam um revólver? Gianini andava pelo apartamento eufórico. Descobrira costeleta de porco na geladeira e comia, enlambuzando os dedos. D. Daly a tudo suportava, pacífica.

– Nunca veio aqui uma chinesinha? – perguntou Otávio a Anete, ambos largados no extremo dum divã.

– Uma chinesinha?

– Usa um pulôver azul... Nunca veio aqui? Está certa?

Anete mastigava o canto dos lábios:

— Uma chinesinha? Acho que não.
— Procuro essa chinesinha pela cidade toda.
— Faz tempo?
— Dez anos.

Anete estranhou:

— Então não deve usar mais o pulôver azul...
— Não tenho lá uma grande imaginação e só sei vê-la com o pulôver azul e algo na cabeça, uma espécie de pompom, saltando dum lado e de outro.

Escravo das alterações temperamentais, Gianini clamava de ódio:

— Oh, Vilaboim! Se não fosse o maldito Vilaboim, eu seria seu amigo para todas as horas, Provolone.
— Afinal, o que ele lhe fez?
— Você ainda me pergunta o que ele me fez...

Rolando voltou da cozinha informando que não havia mais cerveja.

— Gostam de rum com coca-cola? – perguntou D. Daly.
— De rum, sim, de coca-cola não.
— Então beba-o puro, Otávio.

A própria D. Daly serviu os amigos e gentilmente levou um copo para Geraldo.

Gianini estalou os lábios:

— Refrescante!
— Isso sobe – advertiu Rolando.
— Não sobe, isto é, acho que não...

Uma hora depois Geraldo saiu do quarto. Estava pálido, mas vitorioso. Trazia o copo vazio na mão. Quis mais uma dose de rum. Magnólia olhava-o admirada. Perguntou:

— Ele esteve preso, esteve?

Otávio saltou de pé:

— O baile!

A única dificuldade foi tirar Geraldo do apartamento. Não queria sair. Recusava-se a sair. Gastara dinheiro, mas tinha capacidade de ganhar. Não tinha? Tinha.

Na rua, os quatro foram caminhando juntos. Mas era o fortíssimo Gianini que os arrastava. Velho campeão de *bocce,* tinha músculos de ferro. Para demonstrar que bebera sem perder a memória, perguntou a Geraldo:

— O que esqueceu no apartamento das senhoras?

— Meu Deus, o leite!

— Calma, está comigo — declarou, entregando-lhe a lata.

Geraldo atirou-se nos braços de Gianini, grato.

— Onde é o tal de baile? — quis saber o repórter.

— Preciso apanhar um táxi.

— Vamos pôr você num carro — decidiu Gianini.

Ficaram numa esquina à espera de táxi. Estava frio, terrivelmente frio. O diabo do carro não vinha. Otávio estava impaciente e feroz.

— O que é aquilo? — perguntou Gianini. — Um restaurante?

— O Volga, um restaurante russo — informou Rolando.

— Conhece restaurantes russos, Provolone?

Geraldo tomou a iniciativa: queria espiar. Fora tomado duma insaciável curiosidade pelas coisas do mundo. Ao abrir a porta, notou que os amigos o seguiram. Ah, já constituíam um grupo ou uma gangue, como se diz hoje. Laços muito finos e invisíveis, mas fortes, os uniam através da noite esponjosa. Um só coração, um cérebro só e uma só garganta sedenta!

Deram com um amplo salão preenchido de mesinhas, quase todas ocupadas. A freqüência, estrangeira. Uma orquestra típica, num pequeno palco, executava músicas antigas de todas as terras. Uma jovem vestida a caráter dançava.

— Vamos sentar um pouco — sugeriu Gianini.

Um garção, vestido de russo, mas com sotaque nordestino, perguntou-lhes, quando sentavam:

— Conhecem o coquetel Rasputim?

Devia ser um emissário do Diabo. O tal coquetel era pequeno e verde. Cheirava a desinfetante. Os quatro homens ergueram os quatro cálices até aos lábios e daí por diante entraram num mundo com muita luz e ao mesmo tempo com borrões grossos, sons surdos e longos, onde o tato não funcionava perfeitamente, o que fazia caírem com freqüência objetos como isqueiros, caixas de fósforos, cinzeiros, cigarros, copos, guardanapos e outros. Era sobretudo um mundo feito de palavras, umas proferidas, outras engavetadas dentro do cérebro, mas todas cheias de emoção e de sinceridade. Para vivê-lo mais profundamente, repetiram a rodada e em menos duma hora já haviam tomado cada um quatro doses de Rasputim, sem que um só deles se desse por satisfeito. Com os cotovelos fincados na mesa, falavam da vida. Otávio afirmava que o *smoking* significava um novo período em sua existência, muito mais próspero, no qual compraria um apartamento na avenida Higienópolis. Gianini confessava ter resolvido dedicar o resto da vida à vindita: mataria o Vilaboim. Geraldo, o mais queixoso, revelava sua intenção de trabalhar à noite, nos sábados, domingos e feriados para sustentar Magnólia. Se sua esposa morresse, casaria com ela. Rolando, o mais modesto, só queria vender o revólver.

A certa altura, Otávio pediu a Gianini para cantar. Gianini se ergueu cambaleante, empurrou o maestro da orquestra e rompeu um trecho de ópera com tanta potência na voz, que o porteiro da casa entrou precipitadamente supondo que algo tivesse sucedido. Uns dez minutos depois, o proprietário, um russo baixinho e idoso, conduziu Gianini até à mesa e mandou servir a todos uma rodada grátis.

– Gostaram? – perguntou Gianini.

– Gostamos, mas supomos que você mais uma vez não foi muito compreendido.

– Já ouviram voz mais alta que a minha?

– Não.

Ao começar a nova dose, Otávio teve uma crise profunda de depressão. Os outros, preocupados, quiseram saber se o álcool lhe estava fazendo mal.

– Que adianta? – gemeu Otávio. – Que adianta estar aqui comemorando, se perdi a chinesinha.

– Você a encontra – consolou o Gianini.

– Passou muito tempo.

– Você pode encontrar outra e dizer a si mesmo que é aquela. O pulôver e o pompom você compra ou seus amigos compram e lhe dão de presente. Podíamos fazer isso já?

– Não seria a mesma coisa...

– Como não? Exatamente a mesma coisa.

Otávio refletia:

— Feito! Agora é só casar. Você, Gianini, será meu padrinho e entrará na igreja com a chinesinha.

Gianini baixou a cabeça, trágico:

— Se não estiver na Penitenciária... O Vilaboim não me escapa.

Foi Geraldo quem teve a idéia de tirar uma velha senhora para dançar. Nunca dançara na vida, mas não era um fracasso total. Gianini louvou o gesto democrático. Afinal, estavam ali para se divertir. Ou não? Levantou-se e puxou uma senhora casada cujo marido se erguera para ir ao mictório. Um enorme garção, vendo que a mulher dançava constrangida e amedrontada, interrompeu a dança e permitiu que ela voltasse a seu lugar. Gianini, sem se aborrecer, saiu dançando com o garção. Agora Geraldo dançava com uma negra velha que entrara no restaurante para vender flores. O garção não lograva desembaraçar-se de Gianini. Rolando subiu em cima da mesa e começou a sapatear, todo ele mais amassado do que nunca. Otávio dirigiu-se à orquestra, tirou a batuta do maestro e se pôs a regê-la com gestos exagerados.

— O que os senhores estão fazendo? — indagava o gerente, correndo ora atrás de um, ora atrás de outro.

Mas não lhe davam ouvidos. Rolando a sapatear, Gianini e Geraldo a dançar e Otávio a reger a orquestra. Incapaz de acalmá-los, o gerente pediu o auxílio de alguns garçãos.

— Os senhores devem se retirar!

Gianini tentou deter a turba:

— Não somos desordeiros, apenas estamos comemorando um aniversário!

— Tire aquele homem da orquestra e aquele de cima da mesa.

Rolando desceu da mesa e começou a andar de gatinhas, dando susto e provocando gritos nas mulheres. Uma delas deu uma joelhada em seu nariz, que sangrou.

— Estamos sendo expulsos! — bradou Gianini a Otávio.

O aniversariante, com uma leve noção do que acontecia, apanhou uma balalaica e se dirigiu triunfante para a porta. Ah, uma balalaica! Jamais pensara ter aquela maravilha nas mãos! Que troféu magnífico para um marxista-leninista.

— Eh, largue essa balalaica!

Otávio alcançava a porta. Um dos garçãos tentou detê-lo, mas recebeu a balalaica na cabeça. O aniversariante, enfurecido, não permitia que lhe tirassem o instrumento. Viajando debaixo das mesas, Rolando chegou perto da porta. Gianini beijava o proprietário, tentando acalmá-lo. Geraldo topou com um marido ciumento e levou tremendo tabefe na cara. Mas ele não se importou: correu à mesa e apanhou a lata de leite Ninho.

– Batamos em retirada – aconselhou Gianini.

Quatro fregueses investiram contra Geraldo e Otávio, enquanto o dono da casa bradava:

– Tirem a balalaica desse aí!

Geraldo foi arremessado ao chão. Alguém jogou algum líquido no rosto de Gianini. Otávio via-se assaltado por dois robustos sujeitos que lhe queriam tirar o instrumento-símbolo. Ele se defendia com uma coragem que dava orgulho aos amigos.

Nos momentos amargos e perigosos é que se provam as amizades. O grupo resistia ao primeiro impacto, sofria unido a primeira adversidade, fortalecia-se na batalha. Uma gangue verdadeira, muito fraternal e brincalhona. Eram como D'Artagnan e seus amigos; Gianini apenas um pouco baixo para ser comparado a Portos; o puro Geraldo uma espécie de Aramis; Rolando era Athos; não tinha nada em comum com Athos, mas era Athos e Otávio, D'Artagnan. Como eram emocionantes na briga! Gianini ameaçava arremessar uma cadeira. Um vaso muito bizantino fragmentava-se no chão. Os amigos do peito lutavam, mas a vitória ainda não estava garantida. Aqueles burgueses se organizavam para novos arremessos.

Rolando teve uma idéia-mãe. Puxou o revólver do bolso:

– Eu atiro! Pertencemos ao terrível bando dos Bacanaços da Noite! Estupramos donzelas e roubamos cigarros americanos. Ah! Ah, Ah.

Gianini ainda procurava conciliação:

– Somos do Centro XI de Agosto, entendam!

– Na sua idade, velhote?

Rolando deu um salto para frente e começou a agitar o revólver no ar:

– Malditos russos brancos!

Uma senhora desmaiou e foi logo cercada.

— Ninguém me tira isso da mão! — berrava Otávio.

Rolando garantia a retirada:

— Caiam fora, eu agüento a turma.

Saíram para a rua, Otávio com a balalaica. Desceram a rua correndo, ou procurando correr. Chegaram à esquina inteiramente sem fôlego, mas os aguardavam novas complicações. Um guarda-civil se aproximou deles:

— Que houve aqui? — perguntou.

Gianini bateu-lhe no peito com o nó dos dedos:

— Viu por acaso uma chinesinha de pulôver azul?

O guarda não gostou da pilhéria:

— Não vi ninguém.

— Tem na cabeça uma boina com pompom ou coisa assim — ajuntou Otávio.

— O que o senhor faz com esse cavaquinho?

— Não é cavaquinho, é uma balalaica.

— Onde arranjou?

— Pedimos emprestado a um príncipe russo que ajudou a matar Rasputim e escondê-lo numa cratera de gelo no pátio dum grande palácio em Moscou.

O guarda-civil olhava um a um, desconfiado.

— E essa tal chinesinha?

— Não existe — confidenciou Rolando.

— E como querem que eu a procure?

— Ah, o senhor só procura pessoas que existem — espantou-se Otávio. — E as que existem, mas se foram envoltas nas névoas do passado? Seu próprio ordenado não é uma coisa para o passado, para pagar despesas do passado?

O guarda-civil perdia a calma e com razão:

— O que os senhores fazem?

Otávio cuidou das apresentações:

— Eu sou publicitário. O senhor deve conhecer uma das minhas campanhas: "Mil à vista e o resto a perder de vista". Fiz mais pela inflação do que qualquer pessoa. Este senhor gordo é um excelente cantor, prejudicado embora por um tal Vilaboim. Geraldo é um bom chefe de família e leva uma lata de leite Ninho na mão como um atestado de boa conduta. E Rolando é um dos baluartes da nossa imprensa marrom. Escreve matéria-prima de samba na última página dum jornal.

O guarda-civil deu-lhes um conselho:

— Vão para casa.

Os quatro, um abraçado no outro, seguiram aparentemente o conselho dado pelo representante da Lei. Ao virarem a esquina, deu a louca no Otávio, que começou a correr e desapareceu na rua. Só foram encontrá-lo muito distante, sentado na guia da calçada e choramingando:

— "Quero-a pura ou degradada até a última baixeza" — recitava.

— Por que você correu? — perguntou Gianini.

— Tive uma visão... Vi a chinesinha.

— A chinesinha, você disse?

Otávio balançou a cabeça. Os amigos o ergueram. Foram andando a gozar a fresca da noite. Gianini urinou numa árvore. Geraldo, num poste. Este estava muito feliz e confidenciou ao amigo com uma satisfação absurda:

— Nada nos detém, não é?

— O quê?

— Primeiro a briga, depois o guarda. Venha quem vier.

Gianini não entendeu o que o outro queria dizer, mas adivinhou que era algo glorioso.

Andava no meio da rua, molemente. Três não sabiam para onde se dirigiam. Otávio, sim. Meia hora depois pararam diante dum edifício recortado de janelas fechadas.

Otávio viu um porteiro que deixava o prédio:

— Aqui está o convite. Trouxe esta balalaica cheia de ritmos bárbaros e orientais.

O porteiro sorriu:

— O baile acabou.

— Como?

— Às quatro.

— E que horas são, animal?

— Quase cinco.

Otávio olhou para o *smoking* e começou a sorrir e depois a gargalhar histericamente. Caiu sobre os amigos que o envolveram com seus braços. Ele abandonava o corpo e não parava de rir.

— Cheguei tarde — disse.
Os outros ficaram deprimidos:
— E você, que mandou cortar o *smoking!*
— A noite nos tragou — reconheceu Otávio. — A noite engole os boêmios. Abocanha gente e estrelas...
— Mas você tem a sua balalaica.

Foram andando, abatidos. Pararam num bar de esquina para tomar café. Havia um cheiro gostoso de café no bar sujo. A noite já não estava tão negra e logo os operários a estragariam com sua correria e seus problemas pequenos. Encostaram-se no balcão. Otávio, muito tonto, com vários gostos esquisitos na boca. Diante deles um espelho com letras coloridas.

Otávio não via a gravatinha. Tudo que via, disforme, como se estivesse dentro dum copo d'água. Para manter-se desperto, prendia-se a palavras. Inventara um jogo. Amparou-se, cauteloso, na palavra "cigarro", mas ela se rasgou, escorregou-lhe das mãos. A "colibri" desfez-se em plumas. Lembrou-se, inteligente, duma composta: *black-board,* feita de aço estrangeiro. Agarrou-se ao traço de união com tanto peso e insensatez, que as palavras se dobraram. No canto do bar caíam as palavras já usadas e inúteis. Um gato fosforescente se aninhava sobre elas. Com medo de que o traço de união se rompesse, segurou com u'a mão a palavra *black* e com outra a palavra *board*. Fazia exercício muscular, muito saudável, na barra dessas palavras, que eram dum metal duro, porém flexível.

— Tome o café, Provolone.

Otávio largou a xícara sobre o balcão. Só numa segunda tentativa umedeceu os lábios. Geraldo nem isso conseguia fazer. Rolando estava amassado sobre o balcão. Gianini, engraçado, ficara menor e mais gordo.

— Black-board — disse Otávio.
— Quê?
— Black... board...
— Ah! — exclamou surdamente Gianini como se tivesse penetrado em seu mundo interior.

Otávio passou os dedos nas cordas da balalaica e sorriu ao ouvir o som. Voltou, porém, a equilibrar-se nas palavras. A *black* já estava torta, mas ainda servia. É que ele aprendera o exercício.

– Board...

Gianini quase encostava o ouvido à sua boca para ouvi-lo. Rolando olhou o relógio do bar. Geraldo bocejou.

– Tem mictório aqui? – perguntou Gianini ao moço do café.
– Lá embaixo.
– Obrigado.

Em fila indiana, os quatro atravessaram o bar e começaram a descer uma escada estreita e escura de cimento. O cheiro de urina era de arder as narinas. O mictório escuro e pequeno parecia um túmulo no ventre duma Pirâmide.

Lá fora o dia nascia; prometia ser ensolarado, quente, mas duma quentura agradável. Não haveria muitas nuvens; as crianças teriam disposição para brincar. Alguns empregados teriam coragem para pedir aumento de salário. As mulheres aproveitariam o dia para a limpeza de casa e as prostitutas desceriam até à Avenida nos seus vestidos leves e estampados. Quando se dirigiram ao mictório, no bar ficou apenas o moço do café. Só a imaginação mórbida de Geraldo falaria mais tarde que viu a morte entrar no bar e pedir um café.

O escorregão de Rolando foi simultâneo com o tiro do revólver. A arma não era boa: ao bater no chão, disparou e saltou os degraus. Otávio, com seu *smoking* que parecia ter mil anos, ia começar a urinar quando a bala o atingiu. Os amigos, aterrorizados e acordando, viram-no cair no cimento molhado do mictório. Ficou ali, embebido em urina, como uma mancha preta, de contornos imprecisos, tendo ao lado a balalaica e o revólver.

– Meu Deus! – exclamou Rolando.

Gianini abriu uns olhos enormes e curvou-se sobre o corpo:
– Acertou a cabeça...

Rolando urrava e Geraldo estava petrificado.
– Que vamos fazer?

Gianini pensou rápido:
– Deixe o revólver aí, ninguém sabe que ele é seu, não é? Você não o comprou, certo?

Rolando entendia:
– Vão pensar que a arma estava com ele.

— Assim não envolvem a gente – disse Gianini, o mais lúcido de todos. – Vamos subir.

O moço do café surgiu no alto da escadaria.

— Que foi?

— Uma ambulância – ordenou Gianini. – Um homem escorregou e disparou a arma dele... Levava um revólver no bolso...

O garção saiu correndo para a rua. O bar não possuía telefone.

— Vamos ser presos... disse Geraldo. – Vão nos interrogar... Minha mulher morrerá de susto.

Gianini foi até à porta:

— É só ir embora... Se nos perguntarem, diremos que não o conhecíamos. Entrou no bar conosco por acaso. Senão, a balalaica nos complica.

Silenciosamente, caminharam até à esquina, com a impressão de que os perseguiam. Viraram a esquina, nervosos. Vinha um bonde vazio e Gianini agilmente saltou nele, acompanhado dos dois, não menos ágeis. Gostavam de Otávio, mas o que adiantaria ficar lá, ter de ir à polícia, dizer de quem era o revólver e explicar o furto da balalaica?

Já no bonde, Geraldo perguntou:

— Acha que morreu?

— Creio que sim.

— Foi na cabeça?

— Foi.

O cobrador, no estribo, estendeu a mão. Gianini pagou as passagens.

— Se não fosse esse fim, a noite teria sido grande.

— Por que será que ele roubou a balalaica? – perguntou Geraldo, pálido, mas livre da embriaguez.

Gianini sacudiu os ombros:

— Capricho.

— Sempre roubava coisas?

— Acho que não, claro que não.

Felizmente o bonde moroso e barulhento se afastava do bar trágico. Gente despreocupada e simples ia entrando.

Depois da primeira parada, Gianini lembrou-se de algo e cutucou Geraldo:

– Esqueceu a lata
– Que lata?
– De leite.
– Está aqui – disse Geraldo, mostrando-a.
– Bem.

Mon Gigolô

*Para
João Antonio*

O maior receio de Mon Gigolô era o de que alguém descobrisse que amava uma moça chamada Celina, a quem (verdade!) dava até dinheiro. Só os seus amigos íntimos, entre eles Gianini, sabiam disso, mas lhe respeitavam, sem comentários, o segredo e a fraqueza. Por ela, inclusive, trabalhara durante dois meses a fio como uma espécie de relações públicas duma firma comercial, quando a esposa do patrão lhe ofereceu uma bela carteira de couro alemão e ele perdeu o emprego.

Mon Gigolô muito cedo, muito cedo mesmo, teve de cavar a vida, pois, tendo-lhe morrido a tia, que era amante de seu pai... Bem, passemos por cima desse capítulo. Sempre que se fala de sua família, surgem logo os incrédulos e aqueles que nos acusam de pecar pelo exagero. Como dizíamos, desde a mais tenra idade, Mon Gigolô teve de enfrentar o mundo. Não contava ainda vinte anos quando organizou uma biblioteca circulante que lhe garantiu, através de alguns invernos sem casaco, o pão de cada dia. Era uma vintena de livros pornográficos, uns dois ou três ilustrados, que alugava a preços extorsivos. Cobrava o aluguel dos livros por hora e, se a obra era das mais valiosas, exigia depósitos.

– Me dê um daqueles livros – pediam-lhe.

Mon Gigolô retirava uma ficha amarela do bolso:

– Preencha a ficha.

– O quê? Não confia em mim?

– Você é uma flor de criatura, mas eu vivo disso, meu caro.

Ampliando o seu comércio, e como tudo se expande nesta extraordinária metrópole, Mon Gigolô passou a vender retratos e figuras obscenas, que levava dentro duma pasta, envoltas em papel de seda. Diante dum provável comprador, mostrava apenas uma, "filando" como no pôquer, para lhe aguçar a curiosidade. Usava também esse material como brinde de Natal aos leitores de sua biblioteca.

Certo dia, Mon Gigolô entrou numa gravadora de discos, impulsionado por uma idéia genial:

– É para ficarmos ricos, meus senhores!

– Ah, sim?

– Abram os ouvidos e ouçam.

Mon Gigolô queria gravar um *long-play,* intitulado *Noite de Núpcias de Dois Tarados,* todo feito com ruídos imorais. Seria o mais belo e arrojado trabalho de contra-regra e sonoplastia já realizado. O *long-play* correria o mundo, com a vantagem de não requerer tradução, e traria a fortuna na volta.

O dono da gravadora repeliu:

– O que o senhor propõe é um absurdo!

Mon Gigolô fechou a cara:

– Um dia embarco para a França, vendo a idéia e vocês ficarão com água na boca.

Sempre tentando novos empreendimentos, Mon Gigolô fundou no barracão da casa dum amigo celibatário um cineminha para a exibição de filmes eróticos. Ele mesmo se colocava atrás dum guichê improvisado e cobrava por uma entrada o preço dum camarote do Municipal. Depois, ia pôr a máquina em funcionamento.

A polícia bateu lá:

– O senhor está preso.

– Por quê?

– Atentado aos bons costumes.

O exibidor clandestino ficou furioso:

– O que os senhores entendem de cinema? Que autoridade possuem para julgar um trabalho de arte?

– Recebemos denúncia.

– Olhem, vão sentar na primeira fila e vejam que grande filme é *A Loura e o Cachorro.* Coisa francesa da melhor qualidade.

Os policiais atenderam ao pedido. À saída, humildes, perguntaram:

– A gente pode voltar na semana?

Mais tarde, ele surgiu com a idéia de fundar uma revista. Dizia que era uma publicação destinada a combater a degeneração dos tempos modernos. Produziu com razoável habilidade um "boneco" para exibir aos acionistas e anunciantes, em cuja primeira página se lia um editorial assinado por um padre. Em cada uma das páginas e em algumas páginas duplas, as pessoas que folheavam o "boneco" arregalavam os olhos ante as cenas da mais grosseira e imaginável pornografia. As legendas, no entanto, eram dum puritanismo azedo: "Vejam, senhores, a que ponto chegou a humanidade!"; "É preciso acabar com isto ou não?"; "Não mostre esta foto a seus filhinhos!"; "Observem o que estes dois debochados estão fazendo!"; "Onde está a polícia que não vê isso?".

O apelo final à vigilância da polícia encontrou eco e Mon Gigolô foi preso logo no lançamento da revista.

Ao sair da cadeia, esperava-o um emprego de picotador num *taxi-girl*. Mas não se demorou ali: abriu uma *boutique* de bibelôs obscenos, cartões-postais indecorosos e livros proibidos. Chegou, dizem, a reunir excelente freguesia e a comprar um Citroen usado, mas a polícia novamente implicou com ele e fechou-lhe a loja. Não se deu por vencido: foi cantar velhos tangos num cabaré e deu início à sua carreira de gigolô, com um êxito que despertou inveja e ciumeira em seu meio. Homem vivido e com alguma leitura, baseava-se nuns determinados pontos para conquistar uma mulher:

a) Costumava dizer que sabia ler as linhas das mãos. Segurar a mão duma jovem por largo espaço de tempo era um passo para a posse. Além disso, a quiromancia permitia-lhe penetrar na intimidade da mulher desejada.

b) Quando se interessava por uma mulher, mandava-lhe flores. Todas as mulheres gostam de flores.

c) Fingia gostar de tudo que sua presa gostava. Suas predileções sempre coincidiam com as dela. Se gostava de crianças, comparecia aos encontros levando pela mão os filhos de alguns amigos e mesmo crianças que andavam sem léu pelas ruas.

d) Era aos olhos da mulher um grande infeliz e uma grande vítima. Tudo que ganhava era para o sustento da mãe doente. Amara uma vez, sim, mas a amada morrera duma doença horrível nas vésperas do casamento.

Graças a esse esquema, Mon Gigolô ia vivendo. Na primeira oportunidade, mudava-se para o apartamento de suas apaixonadas. "Não suporto a vida longe de você, bonequinha. Vamos repartir as despesas." Em seguida, com muito jeito, convencia-se de que não era ciumento. Não se importava se elas tivessem outros amantes. Compreendia a vida, era homem superior. Chegava até, descaradamente, a ficar íntimo dos seus "rivais", apresentando-se a eles como "primo do interior". Após a mudança de apartamento, punha-se a mancar e dizia às amantes que sofria duma paraplegia incurável e por isso não podia trabalhar. Para outras, explicava que lhe negavam trabalho porque era comunista. Se a amante possuía jóias e objetos de valor, sugeria que os vendesse. Com o produto das vendas, faziam belos passeios e temporadas nos bons hotéis no Guarujá.

As amantes de Mon Gigolô eram as mais variadas na forma e no conteúdo: dançarinas de cabarés e *taxi-girls,* cabeleireiras, uma senhora que vendia roupas a domicílio, uma húngara dona dum restaurante, onde ele fazia refeições e mesmo levava outras mulheres, sem pagar a conta, a caixeira dum grande armazém central (que lhe passava furtivamente litros de uísque), uma viúva com três filhos e alguma economia, a quem ele chamava de "mamita"; intermitentemente explorava uma velha cantora de rádio e a amante dum combativo deputado da oposição; tirava muito dinheiro das Mexicanitas, uma dupla de irmãs que cantava e dançava nos "inferninhos"; mensalmente dava um giro com uma professora solteirona magra como um cabo de vassoura, a quem pedia dinheiro para completar um curso de química, e finalmente noivava a sério com uma parteira que tinha a cara e as cicatrizes faciais do ex-pugilista Rocky Marciano, além de simples namoradas, entre estas, balconistas, manicuras e moças de espírito aberto. Um homem, sem ter a figura do Rodolfo Valentino, pode fazer muita coisa nesse terreno se se dispuser a trabalhar oito horas ou mais por dia com o afinco e a dedicação do Mon Gigolô.

Estava ele numa fase de sucesso, muito íntimo das Mexicanitas, quando conheceu a pequena e tênue Celina. Foi num trajeto de bonde. Costumava viajar de bonde e de ônibus para fazer novas conquistas. Nos veículos coletivos, os homens têm o pensamento no lar e no trabalho. Bem barbeado, sempre cheirando a colônia, Mon Gigolô subiu num coletivo sem pressa, muito calmo, e com os olhos abertos. Sentou-se ao lado de Celina, que viajava com um livro sobre as pernas.

Mon Gigolô esticou os olhos: *Bom Dia, Tristeza*, de Sagan.

– Ah, *dulce France...* – suspirou.

Ela voltou-se, interessada:

– O senhor conhece a França?

– Morei no *Quartier Latin*. Fala francês?

– Não.

– Pena.

Alívio, isto sim. Mon Gigolô arranhava o castelhano, que aprendera com amantes chilenas e paraguaias, mas nada entendia de francês.

– Gosta de Paris?

– Para mim só existe Paris.

Ledor de Paulo de Koch, começou a falar-lhe de Paris do século XIX. Na verdade, Paris é sempre a mesma. Mas ele abusava: conhecera Toulouse Lautrec, Gauguin, Van Gogh, Émile Zola e todos os luminares das artes.

– Bem, vou descer aqui.

– Coincidência, eu também.

Foram caminhando juntos pela rua.

– O que o senhor faz?

– Arquiteto.

– Bonita profissão.

– Linda.

No dia seguinte, Mon Gigolô esperou Celina no ponto do bonde. Trazia na mão uma rosa roubada dum vaso das Mexicanitas.

– Como o senhor é atencioso!

No outro dia, um pacotinho de bombons: uma das Mexicanitas adorava chocolate.

– Você adivinha o que eu gosto.

Ela trabalhava num escritório, secretariazinha dum patrão insignificante. Mon Gigolô segurou-lhe a mão:

– Até outro dia.

– Não vem amanhã?

– Viajo. Minha mãezinha, que mora em Sorocaba, está muito doente. Não sei quando posso voltar.

Fazia parte do plano. A ausência de alguns dias quebraria o hábito dos encontros e Celina mergulharia na saudade. Uma semana inteira Mon Gigolô foi visto, naquele horário, passeando na Barão de Itapetininga com caixeirinhas fardadas. Ao voltar a Celina, levava na mão um presentinho.

– Mamãe mandou para você.

– Ela está melhor?

– Tive de internar a coitadinha.

– Filho único?

– Filho único.

No sábado foram comer feijoada. Depois, cinema. À saída do cinema, drinque. Mas ainda era cedo: foram se agarrar no *Je Reviens*, onde Mon Gigolô tinha cadeira cativa.

Numa semana, estavam íntimos. Nessa ocasião, Mon Gigolô morava num minúsculo apartamento da Jaguaribe, que pertencia a um amigo em viagem. Traçou um plano para atrair Celina ao apartamento.

– Ando muito doente – disse-lhe. – Vou ter de ficar algum tempo em repouso absoluto.

– Não vou ver você!

– Ficarei na janela, se quiser me ver. Não lhe convido para ir ao meu apartamento porque você daria a bronca.

Da janela do apartamento, Mon Gigolô viu Celina. Ela lhe falava, alto, mas ele, levando a mão em concha ao ouvido, fingia não escutar. Cansada de gritar, ansiosa por saber como ia de saúde, resolveu subir as escadas do prédio.

– Não... não... – implorou Mon Gigolô quando ela entrava. – Eu a amo demais para ficar a sós com você num quarto.

A moça foi entrando, admirando a honestidade dele. Sentaram-se na cama. Beijo daqui, beijo dali. Palavrinhas faladas nos ouvidos. Risinhos maliciosos.

Ela então se abriu:
— Tive um namorado que...
— Canalha!
— Mas sempre fui moça direita, apesar daquilo.
— Minha bonequinha...

Começou assim. Dias depois, chegava o dono do apartamento e Mon Gigolô ficava sem teto. As Mexicanitas recebiam uma tia e não podiam lhe dar espaço em sua casa. A sósia de Rocky Marciano andava brava. A professora morava com um irmão. O jeito era morar no apartamento dela.

— Para economizar, o melhor é morarmos juntos.
— Claro, meu bem.

No fim do mês, ele teve uma crise de melancolia:
— Vida miserável...
— O que há?
— A inflação... Viu como subiu o dólar?

Ele não podia ajudá-la no pagamento do aluguel.
— Tenho dinheiro.
— Bonequinha...

Mais íntimo, confessou-lhe um dia que não era arquiteto. Estudara, mas não se formara. E como seria possível se todo o seu dinheiro mandava à mãe doente? Como? Realmente era impossível. Celina compreendeu.

— O que eu ganho dá para nós dois.

Gigolô ficou triste, porém não disse nada. Dias depois, ela, ele e um judeu, dono duma loja, iam a um restaurante. Antes da saída, explicou a Celina:

— Homem cheio do ouro.

No restaurante, o judeu encantou-se pela moça. Mon Gigolô levantou-se para pentear os cabelos e demorou-se uma hora. Na volta, Celina disse:

— Não gostei do seu amigo.
— Homem bom está ali.
— Um desavergonhado é o que ele é.

À noite, Mon Gigolô ficou no apartamento a contar longas histórias a Celina. Fez-lhe ver o futuro negro que os aguardava. A inflação, a alta dos preços, a falta de empregos, a falta de crédito, a falta de confiança. Um discurso tenebroso, amargo, desanimador. Havia uma ameaça à porta: a fome.

Celina se ofendeu:

— Quer que me entregue ao judeu?

Mon Gigolô abriu cervejas, cantarolou um tango e no fim lhe estendeu a mão:

— Adeus...

— Aonde vai?

Sacudiu a cabeça dramático:

— Por aí... Só Deus sabe...

— Mas o que há?

— A alta, a inflação, a falta de crédito...

Celina não permitiu que o amante se fosse:

— Fique.

No dia seguinte, os dois, mais o judeu foram ao cinema assistir a uma reprise do *Motim a Bordo*. Depois, comeram uma pizza no Gigeto. De tudo que o judeu dizia, Mon Gigolô se ria. Achava-o simpático.

Naquela semana, ao voltar do Minueto, ele encontrou Celina amuada. Apontou para a cama onde estavam algumas notas de mil.

— Olhe, o judeu deixou.

Mon Gigolô, discreto, não perguntou nada. O dinheiro dava para pagar o quarto e sobrava para algumas despesas extras.

— Vou ao bar comprar uma Brahma e volto logo.

Depois do judeu, Mon Gigolô apresentou a Celina um próspero corretor de imóveis, o Abreu. Este deixava algumas camisas no apartamento que ele usava. O Pestana, conhecido colunista de jornal, ajudou também, como pôde, o necessitado casal. Depois veio o italiano Gino, homem sério e compenetrado.

— Celina, quero lhe apresentar o Romeu.

— Prazer, senhorita.

Romeu tinha um carro esporte, usava blusa de couro e trabalhava num grande escritório do pai, a quem chamava de "papai". Era a melhor apresentação que Mon Gigolô fizera a Celina, e com uma vantagem: o rapaz supunha que os dois fossem primos. Para afastar qualquer suspeita, Mon Gigolô deu a entender a Romeu que era homossexual.

Certa noite, ao voltar para casa:
– Celina... Celina!
A moça chegou depois dele!
– Você já está aí?
– Saiu com o Romeu?
– Com o Romeu.
Mon Gigolô estaria enciumado?
– Cara chato, não?
– Não é chato, não. Você acha?

Mal chegava do trabalho, Celina embarcava no carro lustroso do Romeu e entravam noite adentro. Só voltava de madrugada. Vinha abrindo a boca.

Mon Gigolô andava bronqueado.
– Por que perde tanto tempo com esse otário?
– É dele que vem o tutu, não é?
E vinha mesmo.
– Onde arranjou esse anelão?
– O Romeu.
– É de ouro, no duro?

Celina enfiou-se debaixo das cobertas e dormiu. De manhã cedinho ela acordou, cantando.

> Eu amanheço, pensando em ti...
> Eu anoiteço, pensando em ti...

Mon Gigolô fez a prova do tango: cantou, quase com fúria, o *Mano a mano*. Como ela parecia insensível, dobrou a parada com o *El dia en que me quieras*. Mas Celina estava noutra "onda".

Os amigos de Mon Gigolô, aquela semana, foram encontrá-lo embriagado no Minueto.
– Porre?
– Dor de cotovelo, Gianini.
– Você?

Ninguém acreditaria, era melhor esconder o fato. Tentou reconquistar Celina.
– Olhe, toma para você.
– Três mil! Onde arranjou?
– Estou comprando e vendendo.

– Comprando e vendendo o quê?
– Tudo.

Mentira: Mon Gigolô pedira o dinheiro a uma das Mexicanitas. Queria, no entanto, uma recompensa: sair com Celina.

– Ah, hoje não...
– Vai sair com o cretino do Romeu?
– Vou.

Ele ia perdendo a linha:

– Dê o bolo nele.
– O bolo? Não sou besta. Quem dá o tutu? Não é ele?

Mon Gigolô visitou todas as suas amantes e ex-amantes. Não foi muito feliz. A parteira amigara-se com um rapazinho que jogava sinuca. As Mexicanitas estavam de partida para o Rio de Janeiro e depois iriam a Brasília. A tal viúva ia casar. A caixeira do armazém só fornecia bebidas. Pensou até num emprego.

– Tem documentos?

Pôs a mão no bolso. Tinha, sim, mas se visse seu nome registrado numa firma e fosse obrigado a assinar o ponto, morreria de vergonha.

– Vou buscar.

O certo era dedicar-se à sua verdadeira profissão. Cada macaco no seu galho. Mas só pôde medir a extensão de seu ciúme quando viu Celina e Romeu, ambos felizes, passarem no carro esporte. Resolveu percorrer todas as boates para encontrá-los e fazer escândalo. Conseguiu localizá-los, na décima. Mas se acovardou e permaneceu no balcão, enchendo a cara.

Voltou para casa e se plantou à espera de Celina. Ela só apareceu no dia seguinte, depois do meio-dia.

– Não foi trabalhar?
– Esqueceu que é sábado?

Ele já perdera a noção dos dias. Esquecera também os seus planos frios, matemáticos, calculados, e fazia perguntas que a técnica não recomendava:

– Gosta de mim, Celina?
– Que pergunta.
– E do Romeu?
– Ele é bonzinho.

– Vocês andam juntos todas as noites?
Uma tarde bela e ensolarada encontrou-se com o Romeu na rua.
– Alô, Romeu...
– Queria lhe agradecer, amigo... lhe agradecer...
– O quê?
– A garota que você me apresentou. É uma uva!

Mon Gigolô voltou para o quarto embriagado e lá não estava Celina para desvesti-lo. Sozinho, cantou um dos tangos, na noite mais solitária de sua vida.

Aquela semana tentou várias conquistas, todas fracassadas, inclusive com uma manicura que faturava bem. O amor atrapalhava-lhe os cálculos. Cometia erros, falhava o bote, saía tudo errado.

– Fique em casa hoje, Celina.
– Ah, não posso...

Começou um tango que ela não ouviu todo porque tinha pressa. Ele surrou o travesseiro.

Dias depois, desesperado, propôs à amante:
– Por que não vai duma vez com o Romeu?
Ela riu:
– Quem não quer é ele.
– Por quê?
– Só quer passar o tempo.
– Por isso você se gamou por ele, não é?

Mon Gigolô pensava até em suicídio quando travou contato com uma senhora muito refinada, D. Zuleika. Dizendo-se ter sido diplomata, conseguiu conquistar-lhe o afeto. Ela morava num rico palacete com duas criadas e um motorista japonês. Mulher rica e generosa.

– Se você fosse pobre, gostaria de ser seu amante – dizia-lhe Mon Gigolô.
– Meu dinheiro impede?
– Impede, sim, porque sou pobre. Todo poeta é pobre. – E recitou, como seu, um poemeto de Guilherme de Almeida.
– Lindo...

Mon Gigolô não saía de sua casa.
– Venha viver aqui.

— Não posso, moro com minha velhinha doente.
— Filho único?
— Filho único.
D. Zuleika tinha uma proposta:
— Se prometer fazer versos para mim, lhe dou uma mesada.
— Não abandono nem você nem a poesia. São a mesma coisa para mim.
— Traga um novo poema, amanhã.
Ele passou pela livraria Brasiliense:
— Me dê um livro de poesias. Bom, hein?
Tinha boa letra e copiava os poemas com capricho.
— Zuleika, veja se gosta deste que eu "bolei" ontem.
Ela ouvia atenta:
— Gostaria de publicar um livro? Financio.
Mon Gigolô corou:
— Não, meu amor. Escrevo só para você. Jamais mostre esses versos a alguém. Jura?
— Mas são tão bonitos...
— Jura?
Na primeira quinzena de amor com D. Zuleika. Mon Gigolô correu com a carteira cheia para o apartamento. Felizmente a sua amada estava lá.
— Vamos sair, Celina?
— Hoje podemos.
— Ainda bem.
— Mas o Romeu vai junto.
Mon Gigolô riu, nervosamente:
— Isso é ridículo. Ele ir junto...
— O que há de mais nisso? Sempre saímos em três. Esqueceu?
Tristemente, Mon Gigolô aceitou a proposta. Saíram os três, juntos. Foram ao cinema e depois a um restaurante. Como houvesse muito vinho à mesa, Romeu soltou a língua:
— Sabe, primo, que eu e Celina nos amamos?
— Não sabia.
— Queremos o seu consentimento.
— Para quê?

Romeu sacudiu os ombros:

— Para nada.

Mon Gigolô consolava-se nos braços de D. Zuleika. O dinheiro que ela lhe dava, transferia-o para Celina. E não era dinheiro fácil, pois a ricaça era feia e ele tinha que copiar os poemas dos livros de Guilherme de Almeida e Olegário Mariano. Foi nessa época que lhe apareceram os primeiros fios de cabelos brancos, que a barriga lhe cresceu um pouco, mostrando a chegada da idade, e que seu fígado assinalou os primeiros protestos. A profissão de gigolô é saudável, mas não afasta a velhice. E um gigolô apaixonado sofre como um operário sem braço.

— Como se chama esse poema? — perguntava D. Zuleika.

— Carta à Minha Noiva.

— Você é sublime!

Mon Gigolô esperava impaciente o pagamento da quinzena, mas sem uma palavra de revolta. Com ar apaixonado, recitava os poemas para D. Zuleika. Nos dias 15 e 30, recebia, pontualmente, e dava quase tudo a Celina.

— Não é preciso tanto! Romeu tem me dado...

— Ora, compre um troço qualquer para você.

— Mas como é que tem ganho?

— Comprando e vendendo.

O dia do pagamento era feliz para Mon Gigolô porque ia passear com Celina, embora na companhia de Romeu. Não havia nada mais humilhante, mas alimentava a esperança de que algum dia um se cansasse do outro. Aí jamais apresentaria alguém a Celina. Talvez se casasse com ela. Ninguém teria nada com isso.

Numa dessas noites, Romeu deu a notícia:

— Sabe que eu e ela vamos casar? Sabia, primo?

Era verdade, Celina confirmava. Os papéis estavam prontos: haviam corrido na surdina.

— E sabe quem será o padrinho?

— Aceito — respondeu Mon Gigolô, sorrindo com hipocrisia.

Celina segurou-lhe a mão sobre a mesa, pela primeira vez sentindo que ele a amava.

— Visitarei você — disse ela. — Afinal, somos primos.

Desta vez ele sorriu de verdade: a coisa ia continuar, mais pecaminosa com o casamento. O enganado seria Romeu. Celina, amante do padrinho, do falso primo. Voltaria a ser o verdadeiro Mon Gigolô.

Quem sabe, até através dela, conseguisse dinheiro do marido otário?

– Uma vez por semana irei ver você – ela confirmava.

Com alma nova, já sem ódio de ninguém, Mon Gigolô deixou os noivos, despedindo-se cordialmente de Romeu, e foi andando a pé, muito feliz, rumo à cidade.

– Bom moço, o seu primo – ouviu Romeu dizer a Celina.

Quando Celina, horas mais tarde, chegou ao apartamento, já encontrou Mon Gigolô. Com toda a atenção, com uma letra redonda e caprichada, copiava os versos dum livro aberto sobre a mesa. O melhor aluno da classe fazendo a lição.

– Boa noite, padrinho! – exclamou Celina.

Mon Gigolô piscou marotamente um olho e voltou ao trabalho.

O Enterro da Cafetina

*Para
Franco Paulino*

D. Beth, velha cafetina! Estou vestindo o meu melhor terno para ir ao seu enterro. Lamento que não seja um terno novo, mas está em bom estado e é escuro como convém a uma ocasião como esta.

Pensei, inclusive, em colocar uma faixa preta na lapela, em sinal de luto. Só não o faço porque o original muitas vezes se avizinha do grotesco. Depois, nosso parentesco não reside nos convencionais laços sangüíneos. É coisa mais profunda e sentimental, embora a senhora tenha nascido muito antes do que eu e num país longínquo, não sei em que gueto da Polônia. Jovem ainda veio ao Brasil e aqui viveu sessenta anos sem poder perder o sotaque que a marcava como "aquela estrangeira que explora a mulherada". A princípio, viveu algum tempo em Santos, mas se mudou para a capital porque observara nos homens das cidades praianas menos honestidade nas questões de dinheiro. Talvez a senhora cometesse a injustiça de culpar o mar e o sol pelas safadezas humanas. Outra razão mais forte, porém, sugerira a mudança: o café. A senhora, D. Beth, ou simplesmente Beth, como a chamávamos, conhecia quais as riquezas deste novo país. Sabia que éramos os maiores produtores do mundo da rubiácea e logo travou ocasionais amizades com ricos e descuidados fazendeiros. Não é estória do meu tempo certamente.

Naquela ocasião o seu estoque de carne e de vinhos era da melhor qualidade e muito justo o orgulho que tinha das suas "bonecas". Menos nacionalistas do que hoje, só dávamos valor ao que vinha de fora, e seus vinhos e suas mulheres haviam cruzado o Atlântico. Sua casa era uma embaixada sexual da Europa na provinciana São Paulo.

Mulher moderna, a senhora cuidou logo de instalar um telefone em casa, o que se considerava um luxo.

– Doutorr Morais? Quero falar com o doutorr Morais.

Nanete acabara de chegar da França com um mundo de *oui messieurs* nas malas e um curso completo de civilizada libidinagem.

Velhos cavalheiros falaram-me dessa fase de ouro da vida de "madame" com a mais irresistível das saudades. Fazia o seu comércio num enorme casarão de esquina, sofisticadamente apelidado "Palácio de Cristal". O interior era todo forrado de papel colorido. As escadas de mármore, o que a época classificava de muito chique. Alguns móveis, pesados e escuros, tinham procedência estrangeira. Os mais íntimos conheciam a sua adega, repleta de vinhos, conhaques e champanhas.

Com os cabelos e os olhos pintados, "madame", muito imponente, recebia os freqüentadores da casa e jogava *crapeau*. Era duma habilidade demoníaca com as cartas. Alguns iam lá apenas para um dedo de prosa com a dona da casa. Outros faziam dali um centro de conspiração. A senhora contava, entre seus amigos, muitos líderes da política, todos com planos subversivos. Ah, que sede tinham do poder! E "madame" não funcionava apenas como confidente daqueles homens ilustres: era também conselheira. Os destinos do país certa vez estiveram praticamente em suas mãos, as mãos de unhas pintadas, que seguravam piteiras, que embaralhavam cartas para o *crapeau* e que apontavam aos respeitáveis fregueses as últimas novidades das praças européias: Nanete, Carmem, Gina, Inge...

Quanto à polícia... Ora, Dr. Cintra, o delegado, era um dos melhores amigos de "madame". Com ela tomava *Cointreau*, enquanto lhe oferecia a mão espalmada para a quiromancia e se queixava dos filhos tardos demais nos estudos.

A maior alegria da senhora, prova de bom coração, era quando uma das suas "bonecas" ou "afilhadas" fisgava um daqueles figurões e com ele se amigava ou se casava. A bela Pupe, espanhola, saiu de sua casa pelas mãos protetoras de um senador. Mas nem todas estórias eram triunfantes. Pobre Nena, que se matara. Arlete cobria-se de úlceras. Consuelo entregara-se aos entorpecentes.

A revolução de 1930, que "madame" infelizmente não pôde controlar, e que não fora tramada em sua casa, pôs fim definitivo à idade de ouro de sua vida. Judia polonesa, com passagem em Paris, "madame" chorou como uma paulista autêntica a vitória das forças revolucionárias. Os senhores respeitáveis e endinheirados foram aos poucos se afastando de sua casa. Alguns morreram, velhinhos, já menos ricos. Então já não encomendava "bonecas" na Europa. A revolução fora feita contra o bom gosto dos homens, contra os perfumes de seu toucador, contra os seus licores. Sina dos judeus, a de atrair as desgraças.

Aí a senhora entrou numa fase mais declaradamente comercial. Passou a vender bebidas ao invés de oferecê-las e estabeleceu preços rígidos para os michês. Mesmo assim tinha amigos entre os seus fregueses, aqueles a quem levava à cozinha para um trago verde de *Cointreau*. Continuava firme no seu *crapeau*, sempre invencível. Terminava as partidas com uma longa gargalhada, que se prolongava num meigo sorriso de compaixão pelo vencido e novo convite formal para outra tentativa.

Essa fase, digamos de prata, em dez anos se transformou na de um metal ainda mais barato. Isto aconteceu quando o casarão deu lugar a um arranha-céu cinzento e sem poesia. Muitos advogados lutaram como leões para despejá-lo, ajudados pelos jornais, o que enfim conseguiram. A senhora teve de se mudar para uma casa distante do centro, já sem adega, sem estoque de "bonecas" estrangeiras e sem os belos móveis. Certa noite, um policial apareceu lá para chantagear. "Madame" telefonou, enérgica, para o Dr. Cintra.

Mas o bom delegado, informaram, já se aposentara.

II

Eduardo, velho amigo e companheiro de trabalho, telefonou-me:

— Sabe quem vai para o asilo?

O quarto de meu hotel dá para a rua e, às vezes, o ruído é infernal.

— O quê?

— Eu disse "para o asilo".

— Quem para o asilo?

— A Betina vai para o asilo, ouviu?

Encontrei-me com Eduardo à noite, no Minueto, nosso bar ante-sala da madrugada. Eu e ele andávamos juntos há vinte anos, desde os tempos do *L'Auberge de Marianne*. Foi lá que pela primeira vez ouvimos o nome de Betina, proferido por um simpático cavalheiro que tinha o dobro da nossa idade. Ficamos sabendo que Betina estava ligada à melhor tradição prostitucional de São Paulo e isso nos sensibilizou. Não queríamos só o prazer da carne, mas também um pouco de história. Eduardo, que já naquela ocasião planejava escrever um volume sobre "curiosidades e segredos da Paulicéia", ficou ardendo por conhecer Betina. Eu consultei a carteira e resolvi acompanhá-lo por razões menos educativas.

Nossa primeira impressão foi decepcionante. O bordel de Betina não diferia dos demais que conhecíamos. Encontramos só uma prostituta estrangeira, mas evidentemente fora de forma. Eduardo, mais ousado do que eu, puxou-me para o interior da casa. Numa espécie de copa adaptada para sala de visitas, fomos deparar com "madame" envolta num xale, fumando, diante de cartas espalhadas na mesa.

— Quer me ler a sorte? — pedi.

Mandamos imediatamente vir bebidas para mostrar que tínhamos dinheiro no bolso.

— Sabe jogar *crapeau?* — perguntou Betina, ansiosa.

— Não.

— Eu ensino.

Crapeau é jogo de paciência, divertimento para velhos. "Madame" contou-me que na sua casa, noutros tempos, alguns ricaços apostavam fazendas. Não se arrisca no *crapeau*, a não ser fazendas. Certo fazendeiro um dia ficou desesperado. Perdeu numa partida sua melhor propriedade e nem sabia como contar o desastre à família. Betina, muito calma, perguntou-lhe: "O senhor tem outra fazenda?" O homem, aflito, respondeu: "Tenho, sim, a última..." Ela lhe sorriu, segura de si. "O senhor vai apostar também essa. Mas eu jogo no seu lugar." Quinze minutos depois, ela devolvia ao jogador desesperado a fazenda perdida.

— Estou derrotado, "madame" — confessei.

Eduardo entusiasmou-se com as estórias de Betina e aborreceu-a com perguntas. Às vezes, tomava notas, o que a deixava ressabiada. Mas a curiosidade dos estudiosos tem limite, não nos iludamos com eles. Nas vezes seguintes, preferiu divertir-se com as mulheres a entrevistar Betina. Eu, que nada desejava escrever, e que na vida, além de textos de publicidade só redigi estas linhas em memória de "madame", continuei seu amigo e tive a incomparável honra de me tornar seu parceiro predileto no *crapeau*.

Um dia ela se prontificou:

— Quer que lhe tire a sorte?

Cortei o baralho e ela espalhou as cartas sobre a mesa. Falou duma viagem, da morte de um parente, dum amor impossível e do dinheiro que eu ganharia em minha carreira. Depois, seus olhos se fixaram num ás de espadas, negro e terrível. Disse-me:

— Tenha cuidado com as armas de fogo, garoto.

— Por quê?

— Leio um acidente. Cuidado.

Fiquei amigo de Betina. Emprestei-lhe dinheiro num fim de mês azarado em que ela não tinha com que pagar o aluguel. Noutra ocasião, "madame" me financiou a compra duma Royal. Devolvi-lhe o dinheiro, lentamente, sem que a velha me apertasse.

— Você é honesto — disse ela.

— Como é que sabe?

— Lido com homens há mais de quarenta anos. Conheço os honestos.

— E se eu não puder lhe devolver o...

— Desonestidade é uma coisa. Falta de dinheiro é outra.

Ouvindo Betina, facilmente eu teria colhido material sobre a vida de São Paulo antigo, de antes do erguimento dos arranha-céus. Falava-me de personalidades importantes da sociedade e da política, que freqüentaram a sua casa e relatava episódios que não encontramos nos livros. Sempre em sua pequena sala, muito abafada, com as cartas e o telefone, um livrinho de endereços, a piteira e alguns maços de cigarros.

Anos depois, fui reencontrar Betina num apartamento pequeno e feio. Muito velha, vivia ainda com as cartas na mão. Já não se importava com as férias que suas protegidas faziam, com a certeza de que caminhava para um fim triste. Devia ter lido o perigo em manchete nas cartas. Foi nesses dias que descobri que só eu lhe restava como parceiro do *crapeau,* ela, que jogava com senadores e até com governadores. Todos os seus velhos amigos estavam mortos ou a julgavam morta. Deviam pensar em Betina com saudade, mas não se aventuravam a procurá-la.

– Jogue comigo – ela me pediu um dia em que eu estava menos disposto. – Pago a bebida que quiser.

Precisava subornar o companheiro de jogo. Era doloroso.

– Claro que jogo, mas pago a bebida.

Jogávamos. Às vezes, ela se fazia derrotar para entusiasmar-me. E o pior é que eu percebia o estratagema. O melancólico estratagema da velha cafetina.

– Tem parentes, Betina?

– Tinha alguns na Polônia, mas acho que já morreram.

– E amigos, a gente endinheirada do café?

Betina contou-me uma estória da revolução de 1930 e não respondeu à pergunta.

Quando Eduardo me telefonou, esperamos anoitecer e fomos ao seu apartamento. Alguém lhe dissera que a velha já não podia administrar o bordel. Parece que ia ser internada num asilo. Na porta, ambos indecisos, não sabíamos se ampará-la ou simplesmente cruzar os braços. A segunda alternativa me tentava mais e a Eduardo também, mas o diabo do sentimentalismo venceu. Entramos.

– Alô, Betina!

Ela estava enfiada numa peça de roupa que já fora um vestido. Apenas duas mulheres de péssimo aspecto trabalhavam para ela. Um sujeito grosseirão, que tomava uma cerveja, dirigia-lhe pilhérias pesadas e sem graça. Assim que nos viu, ela ergueu-se com dificuldade e fomos para a cozinha. Segurou-me as mãos, aflita.

– Vou para um asilo – disse. – O apartamento vai fechar... Não dá nem para o aluguel.

– Que asilo?

– Não sei. Um asilo.

Explicou-me com seu pobre vocabulário e seu sotaque já gasto que uma espécie de educadora aparecera por lá. Iam levá-la para um asilo de velhos. Seus olhos, pequenos e infantis, estavam cheios de terror. Não podia imaginar-se num casarão escuro entre gente que esperava a morte. Conviver com indigentes depois das idades do ouro e da prata, dos conselhos aos políticos, do *crapeau* com os fazendeiros, da fortuna que possuíra em jóias, vinhos e perfumes!

– Abro o gás – disse ela. – Morro, mas não vou.

– Ora, isso é uma besteira!

– Abro o gás...

Eduardo, muito prático, perguntou de quanto ela precisava para viver honrosamente aposentada. Casa, comida, roupa lavada e uma empregada.

– Menos de cinqüenta mil não dá.

Puxei Eduardo pelo braço e a sós tivemos uma conversa muito séria. Disse-lhe que podíamos usar o pequeno apartamento de Betina para levar mulheres e promover festinhas. Outros amigos colaborariam de boa vontade, não para ajudar a velha, que não conheciam, mas para ter um lugar onde conduzirem suas presas. Era o sonho de inúmeros conhecidos nossos. Eduardo achou a idéia genial e voltamos para Betina com um sorriso maroto.

– A senhora não vai mais para o asilo.

Ela nos olhou, cheia de esperança:

– Vão fazerr o quê?

– Vamos dividir as despesas entre alguns amigos que precisam de lugar para levar mulheres.

Uma última garrafa de licor do estoque de Betina foi aberta para comemorar o acontecimento. Imediatamente pusemos para fora o freguês indesejável e despedimos as duas mulheres que faziam a vida lá. Só conservamos a criada.

Durante um mês eu e Eduardo freqüentamos o apartamento de Betina. Não me lembro de ter levado nenhuma mulher lá. Comprávamos bebidas e pacientemente jogávamos *crapeau* com a velha. Era cansativo, pois nunca conseguíamos fazê-la dormir cedo. Quando a enfiávamos na cama, ela ligava o rádio de cabeceira para ouvir o jornal falado e enterrava um gorro na cabeça. Soube que costumava dormir com o rádio ligado.

Certa noite, Eduardo e eu entramos no apartamento e topamos com uma cena estarrecedora. Muitos homens ali estavam na companhia de mulheres muito decotadas e pintadas. O rádio, ligado alto. Uma porção de garrafas de cerveja sobre as mesas. Espantados, fomos entrando. Demos na copa com Betina, num vestido novo, fumando com a piteira e embaralhando cartas.

– Que aconteceu aqui? – perguntei, indignado.

"Madame" nos olhou sorrindo. Pela primeira vez em tantos anos mostrava ter consciência de que cometera um pecado.

– Reabri a casa.

– Por quê?

– Não podia continuar vivendo às custas de vocês. Não sei explorar os outros.

– Fez muito mal, Betina.

– Vamos jogar *crapeau?* – ela convidou.

– Não.

– Uma só.

– Nenhuma. Estamos decepcionados com você, Betina. Queríamos ajudá-la.

– Ainda posso trabalhar.

– E se a freguesia sumir, como é que se arranja? Não tem mais medo do asilo?

Ela já tinha a resposta:

– Abro o gás.

III

Abriu o gás. Foi numa noite de frio em que os homens não gostam de sair de casa. A freguesia desapareceu e ela não teve outro jeito, já que não se conformava com asilo. A criada encontrou-a na mesa, com as cartas. Vi que terminara uma partida de *crapeau* com um parceiro invisível. Um cálice de *Cointreau* vazio. Um cigarro na piteira. Não se sentia o seu perfume por causa do cheiro de gás.

— Precisamos enterrá-la – disse Eduardo.

Eu estava chocado e com idéias extravagantes:

— Gostaria de fazer um enterro decente. Mais do que isso: um enterro ostensivo. Coisa de luxo.

— Betina merece.

— Claro que merece!

Dei uma lista de endereços à criada e o telefone começou a funcionar, avisando os amigos da morte de Betina. Muitos nem sabiam quem era Betina. A esses a criada informava que se tratava duma parente minha, ou de Eduardo ou duma fidalga polonesa. A criada ensaiou também essa exclamação: "Mas o senhor não sabe quem é Betina?" Forneci-lhe os telefones de negociantes judeus e de velhos figurões da política paulista. Alguns industriais que haviam freqüentado os bordéis de Betina ainda estavam vivos: mandei telefonar para eles.

— Sejamos organizados – disse eu. – Lembre-se, Eduardo, de que somos publicitários e como tais devemos agir.

— Como assim?

— Vou encarregar um amigo para encomendar um enterro de luxo, com câmara ardente e tudo.

— Eu trago um padre.

— O que mais? – Eduardo perguntou, já sob meu comando e entusiasmado.

— Vou redigir uma nota a todos os jornais, estações de rádio e TV, noticiando a morte de Betina. "Faleceu madame Betina, uma das senhoras mais populares da vida paulistana no primeiro meio século". O *boy* da agência nos ajudará nessa parte. Mas tenho outras idéias...

— Quais?

— Correremos todas as boates, cabarés e "inferninhos", convidando gente para o enterro de Betina. Mon Gigolô nos dará uma mãozinha.

— Podemos convidar músicos. Betina gostava de música.

— Você é grande, Eduardo, músicos!

— Mãos à obra!

Lá para a meia-noite, antes da chegada do caixão e da câmara ardente, e superadas as dificuldades do atestado de óbito, fornecido por um médico idoso, amigo de Betina, o pequeno apartamento começou a receber gente. A criada não parava um só instante de telefonar e algumas emissoras de rádio e TV já haviam dado a notícia.

Mon Gigolô, juntamente com o Mandril, a mulata mais bela da noite, corria as casas noturnas e os bordéis da cidade, convidando todos para o velório e enterro de Betina. Ninguém podia faltar. Um músico de *taxi-girl*, muito tarde da noite, compareceu com parte da orquestra. Os inquilinos do prédio, que muitas vezes haviam denunciado à polícia a existência do bordel, foram velar o corpo de Betina. Duas dançarinas deram banho no cadáver e vestiram-no com a melhor roupa que encontraram no seu quarto.

– Como Betina está bonita! – comentavam.

A essa altura, umas vinte mulheres noturnas já estavam no apartamento. Um homem de cabelos brancos, tão idoso como Betina, que devia ter sido seu amigo da fase de ouro, compareceu. Porteiros de boate foram dar uma espiada. Artistas do rádio, da TV e do rebolado iam entrando, alguns maquilados.

– É preciso dar algo a essa gente – disse eu a Eduardo.

– Copos Betina tinha à beça.

– Mande a criada comprar bebida e peça a alguém para ajudá-la a trazer as garrafas.

Eduardo foi exagerado na compra de bebidas: dois litros de uísque nacional, três de conhaque, cinco garrafas de rum para Cuba-Libre, duas de gim e três dúzias de cerveja.

Dois garçãos do bar da esquina se prontificaram a ajudar a servir e o proprietário ofereceu gratuitamente ainda mais bebidas. Eu estava preocupado.

– Parece uma festa! É bebida demais!

O caixão chegou de madrugada com os paramentos da câmara ardente. Os presentes, insensíveis à transformação por que a sala passava, sentiam fome, muita fome. É a primeira conseqüência do álcool. Alguém desceu para comprar pizzas. Vieram também sanduíches, empadinhas e quibe.

Betina foi posta no caixão, enquanto algumas prostitutas choravam. Uma delas comia quibe e chorava. O velhote de cabelos brancos olhava para o rosto de "madame" e balbuciava coisas. Era a própria saudade que estava ali. Mas não recusou uma dose de conhaque e um pedaço de pizza.

Chegou um deputado, alguns jornalistas da velha e da nova guarda, um membro superior do Partido Comunista compareceu com ar grave e vários indivíduos distribuíam cédulas e propaganda dum certo candidato a vereador.

Na cozinha, bebia-se desbragadamente. Contavam fatos da vida de Betina, alguns pitorescos, outros pornográficos. Um camarada cismou de fazer um discurso fúnebre no qual chamava a extinta de "vovozinha querida", de "generosa judia" e de "móveis e utensílios da vida paulistana". Não foi o único discurso. Houve outros, mais longos e mais sentimentais.

Muito bêbado, um músico soprou o seu sax, logo acompanhado por outros elementos da sua orquestra. No começo, protestei, mas logo me deixei abalar pelo patético acontecimento e enchi novo copo de uísque.

Comovido, abracei Eduardo:

– Que belo gesto, o nosso!

Eduardo chorava:

– Minha boa Betina... Minha querida Betina...

– Ela está no céu – disse eu.

As pessoas que estavam ao lado me olharam interrogativamente: "Ela estaria no céu?" A afirmação era ousada demais. Corrigi:

– Não acredito que exista inferno.

As músicas, a princípio fúnebres, foram ficando mais vivas, Bem mais alegres. Tocavam e cantavam em coro alguns sambinhas, entre eles o *Fita Amarela*:

Quando eu morrer,
não quero choro nem vela,
quero uma fita amarela...

Iniciou-se, espontânea e rouca, uma série de homenagens a mortos famosos: Noel, Carlos Gardel, Chico Alves, Dolores Duran e outros.

Na cozinha, um casal visivelmente embriagado ensaiava uns passos de dança. Fui até lá, enérgico:

— Isso não fica bem.
— Mas nós fechamos a porta.
— Com a porta fechada, sim...

Eduardo e a criada entraram com suas cestas de garrafas. A música soava mais forte. Um morador do lado quis reclamar, mas quando soube que se tratava dum velório, ficou tão chocado que não pôde abrir a boca. Humoristas do rádio e da TV desfilavam suas anedotas sobre defuntos e fantasmas.

Às cinco da manhã quase todos os presentes estavam embriagados. Aquele velho distinto, com seus cabelos brancos, parecia um veleiro no meio da sala. Uns beijavam o rosto da extinta e outros dormiam nas cadeiras e no chão. Quase não se enxergava as pessoas, tão grande fora o consumo de cigarros, embora muito moderado e discreto o de maconha.

Os jornais da manhã trouxeram notícias da morte de Betina. Um deles estampou seu retrato, extraído do arquivo da crônica policial. Só um deles se referiu à profissão de Betina. Os outros diziam que se tratava duma proprietária de "casas de diversão" famosa pela generosidade do seu coração. Parte dos que participaram do velório se retirou para suas casas. Mas, antes do meio-dia, mais pessoas começaram a aparecer. Eduardo calculou em cem o número de prostitutas, caftinas e gigolôs presentes no apartamento e na escadaria do prédio, sem falar de umas duzentas pessoas que exerciam outras profissões.

Na hora do almoço, os restaurantes do quarteirão, numa bela demonstração de solidariedade, ofereceram comida aos acompanhantes do enterro. Um desconhecido mandou uma caixa de gim e de conhaque. A criada e os dois garçons, sonolentos, continuavam a servir bebida ininterruptamente. Os músicos foram substituídos por outros e um horroroso conjunto paraguaio entrou em ação. Um quadro de futebol carioca, antes da partida para o Rio, compareceu. Grande era o número de jornalistas. Nunca vi bater tantas chapas em minha vida nem os cinegrafistas da televisão trabalharem tanto. E o engraçado é que muita gente que estava lá não sabia quem fora Betina!

Às duas horas chegou o padre.

— Por aqui, reverendo...

O padre olhava meio espantado a todos. Quando se pôs a falar, uma dezena de pessoas rompeu num choro ensurdecedor. Ouvia-se, da cozinha, o tilintar de copos. Alguém disse um palavrão. O sermão foi vacilante e curto.

Ansioso por sair, o padre disse-me:

– Era muito popular esta senhora?

– Se era!

– Família numerosa, não?

No corredor eu e o padre topamos com meia dúzia de vedetes que entraram, todas de biquíni. Na escada dormiam dois sujeitos embriagados.

O padre levou a mão à cabeça e me pediu, em sigilo:

– Por favor, não diga a ninguém que estive aqui. Esqueça o meu nome.

Voltei correndo para a cozinha e apanhei o meu copo. Já estava eufórico. Disseram que eu gritava: "Viva Betina, a rainha das cafetinas!" Alguém me deu um Alka-Seltzer. Puseram-me a dormir numa cadeira. Acordei com os gritos dum cavalheiro que reclamava a falta da carteira.

– É melhor levá-la logo para o cemitério – disse Eduardo. – Vai haver uma briga aqui. Prevejo um pandemônio!

Essa palavra me impressionou – pandemônio. Alguém deu um empurrão em alguém. Caiu uma cadeira. Estourou uma garrafa. Eduardo saltou e impediu que o caixão tombasse da mesa.

Às quatro da tarde chegou o carro fúnebre. Pedi ao motorista que se apressasse:

– Vai haver um pandemônio!

– O que o senhor disse?

– Apressemo-nos: um pandemônio.

Eu, Eduardo, uma prostituta e Mon Gigolô, conhecido homem da noite, apanhamos as alças do caixão. Estávamos os quatros bêbados e Mon Gigolô com ânsia de vômito. Com enorme dificuldade pusemos o caixão no carro.

A beleza foi ver quase uma centena de carros seguindo Betina. Muitos acompanhantes levavam garrafas e copos nos carros. Eu mesmo me lembrei de apanhar meio litro de uísque. Fui bebendo no táxi. Os músicos executaram sambas e marchas.

No cemitério, não tive forças para carregar o caixão. Larguei-me sobre uma tumba. Tiveram de me levar nos braços para dizer adeus a Betina. Vi o caixão afundar no buraco escuro. Chorei como uma criança ou um débil mental.

Na volta, no interior dum carro, eu e Eduardo íamos felizes.

– Tudo bem – ele perguntou.

– Grande enterro, o da caftina.

– Betina deve estar feliz.

– Onde vamos agora? – indagou o meu amigo.

– Voltemos ao apartamento. Muitos continuaram lá, bebendo. Acho que ainda sobrou alguma garrafa de qualquer coisa para nós.

Sonata ao Luar

*Para
Epaminondas Costalima*

*F*oi ela quem olhou primeiro, quem sorriu primeiro. Vinha como sempre com o violino e com o mesmo ar de cansaço. Otávio debruçou-se mais sobre o peitoril da janela do pequeno hotel para vê-la inteira. Se houvesse alguém na rua, contrairia os lábios, barrando o sorriso. A maldita timidez de todos os dias! Mas ela subia a rua sozinha, na direção da Avenida, e pôde sorrir-lhe sem testemunhas. Num instante, a jovem passou por sua janela, não renovando o sorriso.

Era a quarta ou quinta vez que via aquela menina-moça passar diante do hotel, ao cair da tarde. Ele chegava do trabalho pouco além das seis, tirava a "roupa de briga" e, com o cigarro na mão e um cálice de uísque puro sobre o criado-mudo, ia respirar por um quarto de hora o ar da rua. Depois, então, ia jantar e preencher a noite. Geralmente espiava a rua sem ver nada. Uma forte miopia contribuíra para fazê-lo, desde a infância, um tipo introspectivo. Doíam-lhe os olhos se pusesse a observar os detalhes das coisas. Mas, é claro, já se adaptara ao mundo de traços difusos e de manchas esbranquiçadas em que vivia. Provavelmente, a moça circulara embaixo de sua janela mais vezes e ele não notara. Ainda aquela semana, porém, vira com nitidez a saia-e-blusa que rumava para a Avenida. Com algum enfado (corrigiu a impressão de cansaço), carregava a caixa de violino como se fosse estudar apenas para atender a uma imposição paterna. Chega a ser cruel a mania que certos pais têm de obrigar os filhos a estudar música. O pai de Beethoven foi um desses monstros. Criou um gênio, é verdade, mas deu ao mundo um ser profundamente infeliz. Os pais da mocinha deviam ser desse tipo.

Na segunda vez que a viu, Otávio pôde observar além do violino algo mais precioso: o rosto da pequena. Traços harmoniosos, muito doces, mas no olhar o acento vibrante e positivo. Pareciam dizer: "Nada temo da vida e aceito o seu desafio". Esse heroísmo juvenil que os olhos dela revelavam, uma espécie de serena determinação, fez Otávio alterar o que a princípio imaginara a seu respeito. "Creio que estava enganado, psicólogo e adivinho de meia-tigela! É ela que estuda música, contra a vontade dos pais. Escolheu um caminho difícil (justamente por causa do desafio) e nada a tiraria dele. Nem o amor."

Impressionado com a moça, Otávio foi jantar mais tarde. Ficou largado sobre a cama a fumar e a tomar várias doses de seu uísque nacional, um dos raros luxos a que se dava. Publicitário e com acentuadas tendências literárias, gostava de imaginar estórias. Mas nem em imaginação era homem atrevido. Apenas se imaginava junto dela, sentados num bar tropical no topo duma montanha, donde se viam crianças, cachorros e nuvens. Conversavam sobre música: "O que você me diz de Sibelius e de Grieg? Aposto que gosta de Wagner. Algo me diz que é doida por Wagner. E Villa-Lobos? Conhece todas as suas peças?"

As paredes daquele bar e mesmo a montanha eram frágeis demais e logo se desmoronavam antes das respostas. A imaginação humana não resiste nem ao impacto do corpo antiestético dum besouro. E naquele quarto do hotel muitos das mais variadas famílias entravam pelas janelas. "Espero vê-la amanhã", desejava Otávio, vítima de certa obsessão que freqüentemente assalta os solteirões solitários que moram nos hotéis.

Na terceira vez ela sorriu a Otávio com a mesma tranqüila determinação com que ia às aulas de violino. O solteirão se inflamou e passou a fazer planos. Seus amigos da agência de publicidade e os boêmios da noite que conheciam sua vida independente o chamavam "o lobo solitário", alguns lidos acrescentavam "das estepes", a maioria, no entanto, sintetizava – o Lobo – crendo que o bom salário e a liberdade faziam dele um perigo para as mulheres. Lembrando-se do apelido, resolveu vestir a pele do lobo, mesmo porque fazia frio, e o espírito também sente frio. Foi encontrar-se com os amigos, entre eles o Gianini, o gorducho e atarracado Gianini, ex-cantor de ópera, homem duns sessenta anos que ninguém sabia como vivia, mas vivia, e com muito prazer.

— Estou de olho numa pequena — confidenciou na mesa do Minueto.

— Olho bom ou olho mau? — indagou Gianini. — Há também o olho gordo, que muitos põem em você porque é livre, desimpedido e ganha dinheirão com seus reclames.

— Não sei que tipo de olho — declarou Otávio. — Pode ser até que perca a cabeça e me case.

— Não casa, você é um lobo — profetizou Gianini.

Na tarde seguinte estava menos otimista. Seu estado de espírito variava muito. "Devo ter uns vinte anos mais do que ela. Pouco provável que tenha sorrido com alguma intenção. Sorriu apenas porque é dona de seu nariz e sorri a quem bem entender, já que se decidiu a desobedecer os pais, estudando música." Justamente na hora em que ela costumava passar, postou-se à janela, mais lobo do que gente, tendo tomado três uísques puros para desinibir.

Podia acertar o relógio por ela. Na hora de sempre, a moça despontou na extremidade da rua e a foi subindo com sua carga musical. Não devia ter muitos vestidos: abusava da saia-e-blusa, uma roupa colegial que atiçava por certo a sensibilidade de muitos lobos como Otávio. Dez metros antes de passar pela janela, começou a esboçar o sorriso. Ela também devia esperar por aquele momento: o de ver o moço do hotel, sisudão, que lhe dirigia sorrisos. Desta vez, olhou para trás. Fosse um tanto mais arrojado, e saltaria a janela, tentando a abordagem. Preferiu, no entanto, deixar a empresa para o dia seguinte. Pensou no caso: não podia falar-lhe da janela. Teria que esperá-la na porta. Ou na esquina.

A manhã e a tarde do dia seguinte custaram a passar, embora Otávio tivesse muitos anúncios para entretê-lo, inclusive uma campanha inteira sobre um novo desodorante a ser lançado em todo o território nacional. Um desses produtos norte-americanos que já surgem aqui vitoriosos, repetindo a façanha publicitária de lançamentos anteriores nos Estados Unidos, em diversas nações latino-americanas, nas jovens nações africanas e na Alemanha Ocidental.

À saída, encontrou-se por acaso com Gianini:
— Vamos ao Minueto tomar uma meia-de-seda?
— Não posso.
— Por que não pode?
— Tenho compromisso.
— Sai, Lobo!

Foi ao hotel e, lá, para fazer hora, folheou velhos livros. Leu até algumas páginas da biografia de Liszt. Não queria apresentar-se à moça tão endurecido e materialista como era. Depois, saiu e fincou os pés na esquina, muito bem vestido, com os cabelos e a barba na maior correção. Usava uma gravata nova em que muito confiava para dar mais ênfase aos seus atrativos. Não precisou esperar muito, felizmente. A moça do violino apareceu e, à distância, o notou; sorriu, mas sem a espontaneidade das outras vezes. Talvez censurasse a sua ousadia e preferisse vê-lo na janela, platonicamente na janela, tímido como Schubert, autor que por certo apreciava.

— Boa tarde! — cumprimentou-a numa voz de vinte anos.

A jovem parou diante dele. Até que enfim podia vê-la de perto. Sim, era bonita, embora lhe notasse pela primeira vez a pintura. Calculou, ainda, que teria alguns anos mais do que lhe parecera da janela.

— Hoje o senhor saiu à rua.
— Saí, como vê...
— O senhor mora naquele hotel?
— Moro — respondeu, tentando dominar o nervosismo. Vendo que a ambos faltava assunto, ousou: — O que vai fazer agora? Podíamos conversar, caso tenha tempo.

Ela agitou a cabeça, negativamente:
— Hoje é impossível.
— Amanhã?
— Amanhã.

Uma onda de felicidade invadiu todo o corpo de Otávio e foi bater em sua boca movendo as pás dum largo sorriso.

— Não falta?
— Sou de palavra — ela confortou-o.

A moça já prosseguia o seu caminho quando ele perguntou:

— Como se chama?

— Rosa Maria.

A música fútil e romântica, dominical e transparente de Victor Herbert soou nos ouvidos do Lobo: *"Oh, Rose Marie, I love you!"* Música própria dos filmes que acabam bem, caprichosamente orquestrada e executada por profissionais regiamente pagos que assinam o ponto nos grandes teatros e nas grandes gravadoras, avessos às greves e sem reivindicações sociais. *"Oh sweet mistery of life..."* O resto da noite viveu reprisando na memória os instantes daquele breve encontro. Notara que a caixa do violino era um tanto velha e os sapatos de Rosa Maria deviam ter meses de uso. Sabia pintar-se, mas era pobre. Um tanto Anne-Claire de Valsari transportada para São Paulo no bojo dum avião a jato para alegrar a sua vida de solidão.

Foi encontrar-se com Gianini no Minueto. O velhote conversava com um camelô quando o viu. Despediu-se do camelô e agitou o braço.

— A pequena lhe deu o bolo?

— Adiou o encontro.

Gianini lhe beliscou as bochechas:

— Que lobo você é!

— É uma pequena direita — esclareceu Otávio. — Não a mereço.

— Mas claro que não a merece — replicou o velhote. — Peça meia-de-seda para mim.

Pediu duas e enfiou os cotovelos no estreito balcão daquele bar da galeria, a lembrar-se de Rosa Maria — já sabia o nome. Subitamente, apertou os braços do italiano com fúria.

— Olhe, sou capaz de me casar.

— Isso é bom — aprovou o velhote, sacudindo a cabeça.

— Se não der certo, me desquito. E daí?

— Desquitar? Também é bom — concordou Gianini, sempre gentil com as pessoas que lhe pagavam bebidas.

— E se ela não quiser casar, proponho amigação.

— Amigação? Pois isso também é bom.

Na manhã seguinte, Otávio chegou à agência antes de qualquer outro funcionário categorizado. Sobre a mesa estavam os textos do desodorante americano e um elegante frasquinho. Precisava achar um *slogan,* estruturar a campanha de imprensa, "bolar" os *outdoors,* a campanha de sustentação. Mas não tinha entusiasmo, impulso. Ficou até meio-dia sentado, a fingir que meditava.

No período da tarde pretextou uma forte dor de cabeça, passou na Caixa para um vale e correu ao barbeiro. Loção e massagens. Abandonou-se na cadeira, uma revista nas mãos. Lá estava um anúncio duma casa de instrumentos musicais. Tudo correndo bem, compraria para Rosa Maria um violino novo, coisa fina. E também uma coleção de biografias de grandes músicos: Liszt, Verdi, Debussy, Wagner, Mozart. O artista faz mal quando se divorcia das letras. A literatura é o grande traço de união entre todas as artes, sendo ela também uma arte. Wagner sabia disso e os pintores do fim do século, como Van Gogh, Cézanne não viviam à roda de Zola e de outros escritores para lhes beber os ensinamentos? Queria que a sua Rosa Maria não ficasse apenas no mundo dos sons, que se instruísse e procurasse conhecer através das letras as grandes dores dos homens, entre elas a dor maior, a da solidão.

Gianini passava sempre no barbeiro da galeria. Não fazia a barba lá, mas passava.

– Saiu cedo hoje, Lobo!

– Já lhe disse que tenho um encontro.

– Ah, a moça... Não maltrate ela, Lobo. Dê-lhe dinheiro e conselhos. Passeie com ela no jardim, de mãos dadas. Ela gosta de sorvete, aposto. Compre-lhe sorvete.

Otávio sempre achava muita graça em Gianini.

– Não se preocupe com ela.

– O que ela faz? Baila?

– Musicista.

Gianini arregalou os olhos.

– Musicista, que beleza! A música, meu caro, é a coisa *più bella del mondo.* Sou cantor, como sabe, isto é, fui... – E seguiu seu caminho cantando: – *"Vesti la giuba"...*

Pontual como um inglês e vestido com a correção dum inglês, Otávio dirigiu-se à esquina para o encontro com Rosa Maria. Para tortura sua, aquela tarde ela demorou um pouco, mas veio. Não em saia-e-blusa; usava um vestido inteiro azul, um tanto decotado, e trazia o violino. Mudara de roupa para o encontro, pois lhe atribuía um significado especial.

— Boa tarde, Rosa Maria...

Ela lhe estendeu a mão leve e quente.

— Tive medo de que não viesse.

— Eu não faltaria.

— Há pessoas que marcam encontros e não comparecem. Não gosto que me façam isso.

Otávio não podia imaginar que alguém tivesse marcado encontro com ela e não comparecido. Que insensível e cruel criatura lhe deixara aquela marca?

— Onde gostaria de ir?

— O senhor é que manda.

Otávio pensava em cinema e teatro, mas lhe ocorreu algo melhor:

— Você já jantou?

Os olhos dela se iluminaram:

— Sempre janto tarde, às vezes nem janto.

— Assim você emagrece!

— Como muito petisco por aí.

Havia um ponto de carro lá perto.

— Podemos ir a um bom restaurante. Você vai gostar.

— Perto?

— Não, um pouco longe.

— O senhor tem carro? Não tem?

— Apanharemos um táxi.

Seguiram até um ponto de táxi. Otávio escolheu um restaurante muito distante para prolongar o prazer do encontro. Mas somente ao sentir o carro partir é que se deu conta de sua ventura. Descuidadamente, ela viajava a seu lado, olhando pela janela. Parecia estar com o pensamento noutro tempo e noutro lugar. "Deve sofrer como a Anne-Claire de *Mompti*, pensou. "Basta o menor contato com uma pessoa, mesmo jovem, para se descobrir que ela sofre por alguma razão. Todos têm problemas." Olhou para frente, não querendo encabulá-la, e aspirou o seu perfume sem classe. Antes do violino, teria de lhe dar um bom perfume, francês se possível, para enriquecer a sua presença. A certa altura, ela lhe olhou e dirigiu-lhe um sorriso curto, que ele retribuiu.

– Seu nome é Rosa Maria, não é?

Ela espantou-se:

– O senhor já me conhecia de outro lugar?

– Você me disse ontem.

Rosa Maria sorriu, lembrando-se.

– É verdade...

Como ela não lhe perguntava o nome, o que o aborrecia, disse-lhe:

– Eu me chamo Otávio.

– Otávio? Acho que já conheci um Otávio... – ela tentou lembrar-se.

– Um nome muito comum. O seu me lembrou logo Rose Marie, de Victor Herbert – disse ele, poético.

Rosa Maria fitou-o, alheia. Talvez não apreciasse o compositor, exigente demais no seu gosto artístico.

O restaurante, situado num dos melhores bairros da cidade, tinha excelente aspecto. Mais o Lobo do que Otávio, sabia que a ostentação é a forma mais correta de impressionar as mulheres. Principalmente nos primeiros encontros. Lembrou-se dum amigo que costumava ir buscar as namoradas de primeiro dia em carros emprestados ou alugados. Depois o carro entrava para o conserto e o amante nunca mais comparecia motorizado.

Foram sentar-se ao ar livre, perto dumas folhagens e sob um jato de luz.

– Gosta?

– Se o senhor gosta, eu gosto.

– É a primeira vez que entra num restaurante?

– Que idéia!

Ela apanhou logo o cardápio. Otávio sugeriu primeiramente um aperitivo: dois martínis secos. Recomendou ao garção que os batesse bastante, com gelo picado. Queria mostrar, nos menores detalhes, a sua categoria social. Ela não estava saindo com qualquer um!

Com um sorriso, Otávio observou Rosa Maria infantilmente caçar com o palito a azeitona do martíni.

— Martíni sem azeitona não é martíni — disse ele, bem-humorado.

— Para mim tem o mesmo gosto. Acho inútil a azeitona.

Terminado o martíni, cortês, perguntou:

— Outro?

— Não.

— Experimente um *Manhattan*.

— Quer que seja sincera? Estou morrendo de fome, seu... Como é seu nome mesmo?

— Esqueceu?

— Desculpe, mas esqueci.

— Otávio.

Rosa Maria, com suas unhas pintadas, algumas quebradas nas pontas, se pôs a olhar o cardápio aflitivamente. Não sabia o que escolher. Às vezes, soletrava alguns nomes franceses e depois se ria.

— Não sei o que quero.

— Sugiro galeto... É uma especialidade da casa. Quer?

— O senhor é que sabe.

Otávio era um colegial ressentido:

— Vai me chamar sempre de senhor?

— Gosto de tratar as pessoas com respeito.

Meio encabulado ao sentir a barreira que ela criava, tirou um cigarro da carteira.

— Me dá um — ela pediu.

— Você fuma?

— Fumo, sim. Me deixe acender o seu. Ganhei um isqueiro — disse ela, tirando um pequeno objeto duma *minudière*. — Nunca tem gasolina... — Depois de algumas tentativas, acendeu os dois cigarros.

— Obrigado — ele agradeceu, envolvido num clima romântico.

Enquanto o jantar não vinha, Otávio ficou a falar das vezes que a vira passar diante do hotel com o violino. Logo pensara em abordá-la, mas era um tímido, embora alguns amigos o apelidassem Lobo, confidenciou.

— O senhor devia ter falado comigo logo no primeiro dia.

Sem surpresa, Otávio admitiu que devia se tratar dum amor à primeira vista, ou ela era então um desses tipos de garota moderna, muito ousada e ao mesmo tempo confiante em seu equilíbrio emocional. Essa impressão fê-lo sentir-se mais velho do que realmente era.

– Vamos ver se gosta – disse quando chegaram os galetos.

Rosa Maria comeu silenciosa e avidamente. Não tinha maneiras muito especiais para comer. Via-se que era moça pobre e Otávio já não se admiraria se ela dissesse que sustentava a família. Provavelmente residia perto do seu hotel, num daqueles apartamentos minúsculos, sem a menor comodidade. Quem mora assim gosta mais da rua, sente-se melhor na rua. Tais apartamentos devem influir na formação moral e educacional dos jovens. Pobre Rosa Maria das quitinetes de São Paulo!

– O que está achando?

A moça só respondeu ao terminar o jantar:

– Muito bom.

– Vamos à sobremesa. Gosta de doces?

Rosa Maria quis melão e Otávio, doce de cidra. Ao terminar a sobremesa, ela olhou no relógio de pulso:

– Oito horas!

– Tem pressa?

– Já não tenho mais... Perdi o compromisso que tinha.

– Lamento.

– Foi melhor comer. Morria de fome.

Otávio olhava condoído: o trabalho, a educação dos irmãos, se os tinha, e mais os estudos não lhe deviam fazer sobrar muito tempo. Raramente devia fazer uma refeição como aquela. Mas chegara o momento das intimidades.

– Trabalha muito?

– Nem tanto – ela respondeu.

"Deve ter vergonha de confessar", pensou. "Abra seu coração, minha pequena e doce Rosa Maria. Queixe-se da vida e chore no meu ombro, que esse príncipe míope e desajeitado aqui está para ajudá-la a livrar-se das agruras do mundo."

– Sua família é numerosa?

– Tenho mãe e um irmão pequeno. Meu pai morreu no ano passado.

– Sinto muito.

Ela olhou para a caixa do violino:

— Tocava na orquestra dum restaurante. Voltava para casa de madrugada, coitado. Morreu moço, mas parecia um velho.

Otávio ouvia, comovido:

— E você teve de se encarregar do sustento da casa?

Ela sorriu, tristemente:

— Meu irmão é pequeno... Quem leva dinheiro para casa sou eu.

Não restava mais nada de Lobo na fisionomia de Otávio e nem de qualquer animal selvagem da floresta ou do asfalto. Entendia o drama da moça e o desejo sincero era o de mostrar-lhe que ganhara, naquela noite, um amigo. Nem exigia que ela o amasse.

— Quem sabe eu posso lhe facilitar as coisas — disse jeitosamente.

— O senhor?

Otávio segurou-lhe a mão sobre a mesa num gesto natural.

— Por que não? Tenho as minhas relações.

— O senhor é formado?

— Não sou porque tive uma juventude triste e sem pais, mas agora vivo bem. Posso ajudá-la, Rosa Maria. Confie em mim, pode confiar em mim.

— Outros já me disseram isso.

— O quê? Já quiseram enganá-la?

— Muitos dizem que vão ajudar a gente... O senhor sabe como é o mundo.

Otávio procurou tranqüilizá-la:

— Não sou dos que prometem apenas. Tirou do bolso um cartão e lhe deu. Fique com isso. Posso lhe conseguir um emprego razoável...

Ela recuou o corpo:

— Um emprego?

— Um bom emprego.

— Onde?

— Numa das firmas que conheço.

Rosa Maria ficou desconfiada:

— Não sei se seria capaz de...

Otávio apertou-lhe os dedos para lhe incutir confiança:
– Será capaz, sim. Fez algum estudo?
– Só o curso primário.
– Não faz mal, arranjo o emprego assim mesmo.

Rosa Maria deteve-se a olhar os cálices de *Cointreau* que ele mandava vir. Pensava maduramente na oferta que aquele estranho lhe fazia. Não era dessas que se entusiasmam apressadamente. Gostava de esmiuçar propostas. E de perguntar, com franqueza, coisas assim:
– Quanto acha que posso ganhar?
– Uns trinta mil cruzeiros por mês.

Rosa Maria recuou na cadeira e sorriu, abrindo a boca toda. Era como se acabasse de ouvir uma anedota:
– Mas eu ganho quase isso por semana e mesmo assim passamos dificuldades!

* * *

Otávio estava deitado sobre a cama em seu quarto na penumbra. Menos duma hora antes, ao atravessar a portaria com a moça, o porteiro lançou-lhe um olhar maroto. Com seu olhar queria dizer que precisava de suborno, pois o hotel levava o rótulo de estritamente familiar. Não era, mas esse selo moralista rendia dinheiro ao porteiro e, quiçá, ao dono do estabelecimento. Ao seu lado, na atmosfera de perfume de loja de subúrbio, seminua, Rosa Maria descansava.

Uma pequena mão acendeu dois cigarros. Sem levantar-se da cama, Otávio apanhou um cálice e o litro de uísque para um gole reanimador.

O Lobo estava calado e mesmo sem pensamentos.
– Faz calor – disse ela.

Como se notasse algum desapontamento da parte dele ou porque desejasse conservar o freguês que generosamente lhe pagara um bom jantar, Rosa Maria começou a falar. Misturando algumas palavras de gíria, ainda não perfeitamente incorporadas à sua sintaxe, deplorava a vida que ia levando. A mãe, muito doente, não lhe ajudava em nada: passava o dia a ouvir novelas. O irmão era um diabinho, só atrapalhava. E o pior é que lhe haviam pedido o apartamento para reforma e o aluguel dum novo ia ser enorme.

Otávio ouvia sem prestar atenção. Embora acreditasse verdadeira, já lhe haviam contado outras histórias assim. Pensava naquilo que se extinguira dentro dele, na suave ilusão que alimentara durante alguns dias.

— Está se sentindo bem? — ela perguntou, estranhando o seu silêncio.

— Estou ótimo.

— Não se zangou comigo por alguma coisa?

— Por que haveria de estar?

A jovem ergueu-se nua no quarto escuro. Apenas a luz da lua revelava-lhe o contorno. Pousou os pés no chão, calçou os sapatos e procurou sobre a mesa o violino.

Uma tênue chama se avivou no espírito de Otávio, observando-a. Sorrindo na penumbra, pensou: "Esta ao menos não é igual às outras. Tem a sua arte, ama a música". E ficou a escolher em pensamentos uma peça que gostaria de ouvir. A *Sonata ao Luar* seria uma delas. Repousar por alguns momentos no mundo organizado e sem conflitos de Ludwig van Beethoven...

Rosa Maria abriu a caixa do violino, a princípio vazia para Otávio, que se sentara para vê-la. De dentro dela retirou um pequeno aparelho que é vendido nas farmácias pelo nome de ducha higiênica.

— Sempre é bom estar prevenida — disse ela, indo com a ducha para o banheiro.

Otávio apanhou o telefone do quarto e discou repetidas vezes. Estava nervoso, a boca seca, com um ódio indefinido de tudo:

— Donde fala? Do Minueto? Me faz o favor de chamar o Gianini.

O velhote logo atendeu ao telefone. Otávio perguntou-lhe:

— Ainda está bebendo? Como é, agüenta mais? Então me espere. Vamos encher a cara esta noite e cair na farra. Pago tudo.

Longinquamente, Otávio ouviu a voz do amigo:

— Certo, Lobo. Eu espero, Lobo. Obrigado, Lobo.

O Guerrilheiro

*Para
Frederico Aflalo*

— **V**amos marcar a ação para sábado, não? – calculou, soturno, o homem calvo que chefiava a reunião.

Seis pessoas, reunidas no ateliê de um pintor, no decadente bairro de Vila Buarque, conspiravam e fumavam. O artista, papel e lápis sobre a mesa, dava contornos nervosos a um coquetel Molotov. Mariano, a seu lado, acompanhava os traços subversivos lembrando que não bebera nada aquela noite. Coisa grave.

— Sábado é bom – concordou Gianini, meneando a cabeça.

Havia também um arquiteto e um estudante. Todos de acordo e não muito preocupados com o futuro. A conspiração cansa; o momento da ação chega a ser um alívio. Desde abril os guerrilheiros se encontravam, ora naquele ateliê, ora no *Canto do Galo*, ora no quarto infecto do Gianini.

— Bem, então é sábado – decidiu o calvo. – A gente começa às duas da madrugada.

Mariano fechou a cara. Ergueu-se, agitado, dirigiu-se à pequena janela do ateliê, acendeu um cigarro e bradou:

— Sábado não posso.

Os outros também saltaram de pé. Ninguém queria novo adiamento.

— Por que não? – quis saber o arquiteto.

— Assunto particular.

Gianini acercou-se de Mariano e o tocou com seus dedos grossos.

— Você estava com tanta pressa!

— Sábado, não, já disse.

— O que vai fazer? – insistiu Gianini.

Mariano sentiu que não podia esconder mais a verdade. Corajosamente encarou os colegas e com muita dignidade revelou:

— Sábado vou dormir com Marlene.

Todos se entreolharam, decepcionados. A nascente organização terrorista sofria o primeiro abalo. Um dos próprios membros a ofendia rudemente.

— Marlene é uma puta — trovejou Gianini.

— Eu sei — confirmou Mariano, altivo.

Gianini fez nova tentativa:

— Sábado você não pode faltar.

Mariano não queria discussão.

— Não contem comigo pra sábado, tá?

O pintor rasgou o desenho da Molotov.

— Certamente não podemos contar nunca.

O rebelde tomou ares de desafio. Começava a perder a paciência. Ninguém era capaz de entender o que sentia por Marlene. Foi às últimas conseqüências.

— Por que não me expulsam da organização?

Devia ser bravata, pois estremeceu quando o homem calvo, o chefe do grupo, replicou com segurança:

— A porta está aberta. Ou começa sábado conosco ou sai.

Mariano sorriu nervosamente e começou com um acento terrível na voz:

— Mal fundamos nossa organização e o maldito fascismo já se instalou aqui. Odeio os radicais. Sou um revolucionário, sim, mas não quero perder a santa liberdade de ir e vir.

Ir e vir ao quarto de Marlene. Os demais não quiseram desperdiçar argumentos. Um guerrilheiro não pode amar senão a revolução.

Apenas Gianini, com seu coração enorme, ainda tentava detê-lo:

— Esqueça a vaca da Marlene e fique conosco.

Mariano, já sereno, sacudiu a cabeça:

— Não quero mais saber de organizações assim. — E declarou em alto e bom som: — Vou trabalhar por conta própria.

Gianini, comovido, não queria ver o amigo partir.

— Contra duzentos mil soldados?

– Não perguntei o número.

O italiano abriu os braços.

– Então, vá!

O rebelde olhou mais uma vez o grupo e retirou-se, a passos firmes, descendo uma escadaria comprida que levava ao térreo. O homem calvo, furioso, correu ao corrimão e berrou:

– Dê parte à polícia, se quiser.

Lá do fundo, uma voz respondeu:

– Fascista!

II

É muito difícil, para nós mortais, julgar corretamente o comportamento humano. No caso Mariano, por exemplo, a gente fica sem saber o que pensar. Traidor? Fracalhão? Covarde? O fato concreto, porém, é o que vale. E foi ele registrado em ata na mesma noite: "Expulsamos do nosso seio o guerrilheiro Mariano, rebelde e leviano demais para pertencer a esta organização".

Seria falso também dizer que o cinismo de Mariano não lhe permitia sofrer a rigorosa penalidade. Ao alcançar a rua, olhou para o alto e viu a luz do ateliê. Em frente, o terreno baldio das experiências bélicas. Teve vontade de chorar. A missão de que haviam se incumbido era perigosa e fugir dela, sob qualquer pretexto, pareceria covardia. Na verdade não tinha medo. Já até afirmara (embora embriagado) que daria a vida por uma causa justa. Lembrava-se: a idéia nascera de Gianini, o grande Gianini das noites boêmias.

– Você é macho, Mariano?

– Duvida?

– Ama e respeita sua pátria?

– Como minha própria mãe.

– Mas você não disse que sua mãe...

– Bem, o que você quer saber?

Bebia-se vinho e Gianini estava dramático e soturno. Tinha uma cara enorme e bulbosa. Bom homem.

– Daria a própria vida pelos seus irmãos?

– Sim. Isto é, acho.

— Olhe-me bem nos olhos — exigiu Gianini.
— Olho.
— Você topa uma revolução? — inquiriu o italiano.

Mariano e Gianini tiveram, assim, o primeiro contato político. Na noite seguinte, Gianini surgia no bar com o pintor. Ambos andando firme e de braços dados, como marido e mulher. Estacaram diante da mesa onde Mariano, acalorado, liquidava o quinto gim-tônica.

— Este é dos nossos — informou Gianini, e puxou duas cadeiras. Sentaram-se.

Mariano não entendeu.

— Dos nossos?

— Já esqueceu, imbecil! — E apontou o artista. — Gino pensa como nós. Também acha que passou o tempo dos panos quentes. Não é verdade, Gino? Fale pra ele.

Gino olhava o gim de Mariano.

— Estou para o que der e viver.

— Ele foi maçom — acrescentou Gianini. — Pedreiro livre. Morre mas não abre a boca. Um túmulo.

A organização nascia. Com voz baixa, mas audível em todo o bar, Gianini fez um breve discurso.

— Hoje somos três, amanhã seremos milhares. É assim mesmo. Não diga nada! Eu sei como as coisas acontecem. Estamos aqui como pacatos cavalheiros, gente comum, meus amigos, gente que sofre. Mas quando a noite cai viramos guerrilheiros. Um Molotov aqui, outro Molotov ali. É um quartel que voa. Um ministro que pega fogo quando ia visitar a amante, sim, senhores. De manhã cedinho, corre-se para as bancas. Não diga mais nada! Leremos tudinho nos jornais. E voltaremos aqui, neste mesmo bar, para tomar nosso vinho que você, meu caro Mariano, pagará com toda certeza.

— Até o dia que nos apanharem — atalhou Mariano, pessimista.

— Não diga nada — implorou Gianini, de mãos postas. — Vocês não têm o dom da profecia. Até que um dia tudo será feito às claras. A gente vem aqui, põe as Molotovs em cima da mesa, bebe e depois vai para o trabalho. Sangrar o capitalismo. E um dia, bonito como o dia em que nascemos, iremos todos para Brasília.

— Fazer o quê?

— Não diga nada, você não sabe adivinhar. Vamos desfilar em cima de um tanque, nas longas avenidas, sob uma chuva de flores e confetes, e receber os abraços dos candangos e de suas respeitáveis esposas.

— Isto é belo!

— Cale a boca, Mariano, não estou brincando.

— Quem disse que você está brincando?

Não estava mesmo; Gianini movimentou-se muito nesses dias. Atraiu o engenheiro Simão para o grupo, e um dia em que falou demais no bar, conquistou sem saber um novo adepto que estava na mesa ao lado – o estudante Raul. Faltava um chefe. Modesto como era, Gianini não quis ser chefe.

— Mas precisamos de um líder – reconhecia. – Seja você, meu caro Mariano.

— Bebo demais no inverno, e o inverno está aí.

Gino e Simão recusaram também a honraria e o estudante era novo demais para comandar. O chefe, porém, foi descoberto. O tal homem calvo, que tinha realmente cara de líder e que não era um emocional como Gianini. Inclusive já participara de movimentos políticos.

— Para começar bastam seis – decidiu Gianini. – Não aceitamos outros por enquanto. E vejam o que eu trouxe – disse tirando do bolso um caderno dobrado.

— O que é isso?

— O livro de atas.

Mariano já bebera demais naquela noite, mas continuava lúcido.

— Guerrilheiros não têm livro de atas.

— Um pouco de formalidade não faz mal. E se um dia a polícia nos puser a mão a gente come o livro – advertiu Gianini.

— Você come.

— Está bem, eu como.

O livro de atas foi realmente uma boa invenção e comovidamente Gianini registrou nele, com sua larga caligrafia, o resultado do primeiro dia. Os guerrilheiros assinaram nomes supostos. Cada um custou meia hora para encontrar o seu. Mariano assinou o próprio nome e sob ele *El Matador*. Passaram, então, a ter reuniões bissemanais. Ordinariamente começavam com a leitura da ata anterior. Depois, o líder fazia levantamento da situação presente do País, seguido por Gianini que ditava profecias. Mas, logo reconheceram, isso era muito pouco.

III

Embora falasse demais, Gianini não esquecia o lado prático das coisas. Numa reunião em que apareceu generosamente com um litro de vinho, coube a ele dar o primeiro passo decisivo.

— Você tem copos, Gino?

O engenheiro respondeu com um protesto:

— Evitemos o álcool. A gente acaba perdendo o contato com a realidade.

— Você não sabe nada. Os copos.

Gianini dividiu o vinho fraternalmente.

— Muito bom, o vinho — comentou Mariano.

— Não me preocupo com o conteúdo do litro — asseverou Gianini. — O que eu queria era isto: a garrafa vazia. Parece inofensiva, não é? Pois se enganam. Isto cheio de petróleo e com um pavio na rolha é uma terrível arma de guerrilhas. Tem provado bem em muitos países. Será que não conhecem o coquetel Molotov de um sabor amargo para o capitalismo?

O chefe sorriu, irônico:

— Pensava que eu não soubesse?

— Bem, não é uma invenção minha, mas até agora nada fizemos.

Mariano apanhou a garrafa com um ar encantado.

— Então isto é a Molotov?

— Falta-nos gasolina — observou Gianini. — Senão, já começávamos o trabalho de engarrafamento. Não se pode perder tempo.

O chefe lembrou:

— Há uma bomba de gasolina aí embaixo. Temos um velho regador no quarto da empregada. Deve caber uns seis litros.

— Garrafa você tem? — inquiriu Gianini.

— Não.

— Primeiro compremos as garrafas.

– Quanto custa uma garrafa vazia? – quis saber Mariano.

Gianini explicou:

– Os bares e empórios não vendem garrafas vazias. Precisam delas para renovar o estoque de bebidas. Tenho uma idéia: compremos meia dúzia de litros de vinho. Você, Gino, pega o regador e vá ao posto de gasolina. É melhor fazer assim... uma festinha de pacatos cavalheiros... não dá na vista. Comprar garrafas vazias é um tanto suspeito. Aqui não mora nenhum garrafeiro.

Mariano prontificou-se a comprar o vinho e desceu com Gino, que levava o regador. Começava a entusiasmar-se pela organização e simpatizava com a idéia de que uma garrafa, depois de vazia, pudesse se transformar numa agressiva arma de guerrilheiro. Minutos depois, subia com o vinho e um belo queijo amarelo, pois o álcool sempre dá fome.

Gianini, solícito, mas com cara de incendiário, abriu os litros, prevenindo de que aquilo não era nenhuma comemoração antecipada. Tratava-se simplesmente da primeira etapa da fabricação de armas bélicas.

O estudante, afoito, sugeriu:

– Vamos jogar o vinho na pia, assim a gente logo apronta as bombas.

Gianini endereçou-lhe um olhar odioso:

– Nossos irmãos rio-grandenses não trabalharam para ver seu produto jogado na pia.

Minutos depois, Gino chegava com o regador.

– O que é isso? – indagou Gianini, distraído.

– A gasolina.

– Que gasolina? Ah, sim, a gasolina...

Comendo queijo e bebendo vinho, os guerrilheiros se curvaram sobre um mapa da cidade. Com uma lente, soletrando, Gianini ia lendo os nomes das ruas. A algumas dava um acento exageradamente romântico, acordado por velhas reminiscências.

– Aqui tem uma ponte – mostrou com os dedos grossos.

– Vamos destruí-la? – indagou o estudante.

– Não, esta não. Conheço uma velhinha que mora do outro lado. Ela precisa da ponte.

Mariano desejava aprofundar-se mais no espírito da revolução. Sempre fora homem pacífico, mas queria participar de uma luta verdadeira. Não lhe parecia útil ficar lendo nomes de ruas como se estivessem à procura duma casa para alugar.

– Esperem aí. Vamos para as montanhas, lutar nas montanhas. Pelo que sei é por onde se começa.

Professoral, Gianini explicou:

– Há guerrilheiros de montanhas e de asfalto. Não somos camponeses. Nosso campo de ação deve ser aqui. Por outro lado, a fuga é mais fácil. Se o perigo aperta, toma-se um bonde ou táxi e se esconde.

– Compreendo.

Uma hora depois, os litros estavam vazios. Gino apanhou o regador.

– Acham suficientes seis litros? – indagou Gianini. – Ou é pouco?

Cantarolando uma ação pornográfica da guerra da Espanha, o próprio Gianini encheu os litros. E com muita habilidade perfurou as rolhas para colocar o pavio.

– Será que isto funciona mesmo? – duvidou Mariano.

– Façamos uma experiência – disse Gianini.

Os outros se atemorizaram.

– Onde?

Gianini foi até à janela. Do outro lado da rua, havia um terreno baldio.

– Você vai jogar, vai?

A turma desconhecia a coragem que o vinho dava a Gianini. Imediatamente, com seu enorme isqueiro, acendeu o pavio. Ensinou:

– Não é preciso ter pressa para arremessar.

– Por Deus, jogue logo.

– Jogue!

Com seu braço curto, mas robusto, Gianini lançou o litro, que descreveu longa curva no espaço até ao terreno abandonado. Uma vasta chama se ergueu com um surdo rumor. Em seguida, o fogo se estendeu por um longo trecho do terreno. Um mendigo que dormia ali saiu correndo. Na janela, os seis guerrilheiros, exultantes, bradaram e abraçaram-se ruidosamente. Gianini viveu momentos de glória. Como tudo lhes pareceu fácil depois daquele instante!

À saída da reunião, já na rua, Gianini comentou com Mariano:

— Sabe que nem percebi se o vinho estava bom?

— É cedo, ainda. Que tal se fôssemos tomar mais um litro? Eu também não estava preocupado com o paladar.

IV

A vida de guerrilheiro, embora não tivessem ainda efetuado nenhuma operação, causou em Mariano uma profunda mudança. Sentia-se investido de uma nova responsabilidade e ligado a uma coisa vasta e imponderável que era o próprio futuro do País.

Via tudo com outros olhos. Por exemplo: um mapa deixara de ser para ele um papelão impresso para ganhar uma misteriosa significação. Como guerrilheiro, precisava conhecer perfeitamente a cidade, as montanhas e rios. Ao passar por uma ponte, imaginava: "talvez algum dia eu tenha de destruí-la". Se visse um militar, dizia consigo mesmo: "ele não sabe quem sou, mas um dia nos encontraremos". Por outro lado, o homem simples do povo despertava-lhe ternura imensa. Todos: o cobrador de bonde, o leiteiro, o engraxate, a mulher que vende flores, o barbeiro. "Não posso lhes dar dinheiro", pensava, "mas lhes darei meu sangue". Certamente, o reverso da moeda era o ódio que nascia no estômago e tinha os sintomas de uma doença. Qualquer milionário que passasse nos seus carros luxuosos fazia seus nervos vibrarem. Costumava dar pontapés nos pneus dos Mercedes-Benz e Cadillacs. Adquirira também o hábito de andar, ele que sempre fora preguiçoso. Quilômetros e quilômetros, como um motomaníaco, através das noites, observando gente e edifícios.

— A revolução está em mim — disse um dia a Gianini. — Eu a sinto. Cresce dentro de mim.

— Você ainda será comissário do povo — profetizou Gianini.

— Meu caro, é bom ser guerrilheiro.

— Claro que é bom.

Mariano realmente andava apaixonado pela sua nova posição na vida e exprimia-se em termos poéticos. Certa vez, bateu a mão espalmada no ombro de Gianini e comentou:

— Gianini, a morte é bonita.

O outro dormia sobre a mesa do bar.

— O quê?

— A morte, eu disse. É bonita.

Já não tinha conversa para os velhos amigos. Se os encontrava, nada dizia ou apenas sorria com superioridade. "Se pudessem adivinhar...", pensava. "Sou um guerrilheiro e eles não sabem disso. Imaginam que sou o mesmo, aquele boêmio que era."

Numa das reuniões, exigiu:

— Vamos marcar logo a data da ação. Me tornei uma fera, meus amigos.

Gianini examinava o minguado estoque das Molotovs.

— Fazer o que com seis garrafas?

— De fato é pouco.

— Desça e compre meia dúzia de garrafas de vinho, Mariano.

Mariano, sacrificando-se pela organização terrorista, subia as escadas do apartamento de Gino, com as garrafas de vinho. O pintor, no mesmo tempo, ia encher o regador na bomba de gasolina. No fim da noite, tendo bebido o vinho, guerrilheiros arremessavam algumas bombas no terreno baldio como treino. Certa noite, queimaram um cão vira-lata. Gianini, velho sentimentalão, correu a socorrer o cachorro. Levou-o ao apartamento lacrimejando.

— Vejam em que estado está o pobre. Precisamos cuidar dele.

O pintor reagiu:

— Não quero cachorro no apartamento.

— Somos guerrilheiros, mas não somos desumanos — declarou Gianini. — Este cachorro é a primeira vítima inocente que a revolução faz. — E concentrou-se: — Precisamos batizá-lo. Vamos escolher o nome de um grande revolucionário.

Mariano ponderou:

— Não fica bem dar o nome de um cão.

— Quem disse?

— Eu digo.

O estudante teve uma idéia:

– Vamos chamá-lo de Camarada.

Todos aprovaram e Gianini pediu que o fato fosse registrado em ata.

– Os guerrilheiros sérios usavam cachorros. Este ainda poderá ser útil.

No fim daquele mês, Mariano resolveu fazer um levantamento do estoque de bombas. Tinham oitenta e duas. Quase não cabiam mais no minúsculo apartamento.

– Agora chega! – bradou o engenheiro. – Se aumentarmos o estoque, meu fígado estoura.

Embora todos achassem que bombas nunca são demais, já era chegada a hora da primeira ação. Sentaram-se os seis ao redor da mesa, muito sérios, pensativos. No chão, Camarada devorava um enorme bife. Refizera-se das queimaduras e engordava. Gianini costumava embebê-lo em água de colônia.

– Bem... o que vamos fazer? – inquiriu Mariano.

Todos o olharam com firmeza. Já ninguém reconhecia o antigo Mariano. Lá estava um verdadeiro e terrível homem de luta. Na véspera, atirara três Molotovs no terreno baldio como um exímio arremessador de dardos. Não queria mais gastar palavras e os amigos acreditavam que nem vinho mais quisesse.

– Tracemos os planos – disse Gianini.

– Já.

– Mariano se acalme, por favor.

– Estou cansado de ter calma.

– Você é cristão novo. Também fui assim a princípio.

Mariano tinha severas críticas a fazer:

– Vocês estão se burocratizando. Este livrinho (apontou o livro de atas) está sendo a nossa ruína. Enquanto a gente escreve, as crianças e os operários morrem à míngua.

Deram-lhe razão, envergonhados. Haviam falado demais durante semanas sem praticar uma só ação. Felizmente não faltavam bombas. Podiam agir a qualquer hora.

– Na próxima reunião marcaremos o dia – decidiu o chefe.

– Ainda bem – aliviou-se Mariano. – Não suporto mais este marasmo. Quero ver sangue!

Seu estado de excitação chegou inclusive a impressionar os outros terroristas, que foram dormir preocupados. Mas antes da despedida, Mariano insistiu e tiveram de consentir que atirasse mais uma bomba no terreno baldio. Viram pegar fogo em materiais de construção que haviam acumulado ali.

Já na rua, Gianini segredou-lhe:

— Temo por você, por sua vida, meu amigo.

— Por quê?

— Você é moço, controle-se. Pense no vinho que falta beber, nas mulheres que...

Mariano afastou-o:

— Você não me conhece, gordo.

Na noite seguinte, Mariano reencontrava Marlene num "inferninho" da Vila Buarque. Estava a mesma de um ano atrás quando, por causa dela, pusera fogo num hotel e fora preso. Não pela primeira vez. Fez que não a reconheceu e seguiu até à porta. Então, ouviu sua voz:

— Mariano...

Foi por causa desse reencontro que Mariano rompeu com os companheiros de guerrilha. Como pôr em segundo plano uma mulher que há dez anos perseguia inutilmente?

Na sexta-feira, em seu quarto, recebeu uma visita inesperada, o Gianini.

— É o seu amigo Gianini — anunciou o italiano, como se pudesse ser confundido por outro.

— Entre e vá sentando.

Gianini sentou-se na cama, ao seu lado.

— Você está bom, meu querido amigo?

— Nunca estive melhor.

Gianini arregalou os olhos diante dum litro de leite.

— Bebendo leite? Está doente? Quer que chame um médico?

— Já disse que estou bom. Chega!

Gianini não sabia como começar, mas teve de começar:

— Seus amigos estão com saudades de você, Mariano. Vim aqui em missão oficial. Se voltar atrás, a gente rasga a página da ata.

— Escute aqui, Gianini...

— Não diga nada, eu sei que está arrependido.

– Mas eu não estou.

– Conspiramos durante três meses, Mariano. Justamente agora que vamos agir você nos abandona.

Mariano baixou a cabeça:

– Pensa que sou covarde?

– Ninguém pensa que você é covarde.

Mariano sorriu, feliz:

– Não? Então vou com você... Mas não no sábado.

Gianini não entendeu:

– Por que não no sábado?

– Porque no sábado vou dormir com Marlene. Já no domingo eu posso morrer com vocês.

O italiano irritou-se:

– O que você tem na cabeça, Mariano? É uma questão de princípios. Nós estamos fazendo a História, homem. E o que dirão daqui a um século ao saber que a revolução foi atrasada por vinte e quatro horas devido a uma puta?

Mariano ergueu-se, feroz:

– Daqui a um século... O que importa o que possam pensar?

Gianini, com um sorriso nervoso, tentava ainda convencê-lo:

– Nós seremos matéria de estudos nas escolas. Como vai o professor explicar às criancinhas, elas na sua inocência, que o guerrilheiro Mariano adiou a salvação do País por motivos indecorosos? Responda, homem!

Mariano olhava apalermado:

– Que professor? Que criancinhas? Você disse daqui a um século? Pensa que sou algum santo?

Gianini trovejou:

– É, sim, é. Todo revolucionário é um santo. A pátria é nossa religião. Venha! Acompanhe-me! É o futuro que lhe ordena. Firme! Siga-me!

V

Mariano não seguiu ninguém. Só ele sabia tudo que fizera por Marlene. Certa vez baleara o mais valente gigolô da cidade, destruíra uma boate inteirinha, vendera todos os seus móveis...

Não era coisa que pudesse explicar. Mas a verdade era que a Revolução ainda o atraía. Aquela noite, foi rondar o apartamento onde costumava se encontrar com os guerrilheiros.

– Lá estão eles – disse ao ver a luz acesa. – O que estarão planejando? Onde vai ser a primeira ação?

Por um triz que não resolve subir a escadaria. Talvez estivessem fazendo novas bombas e essa tarefa agradava-o bastante. E estava também com muita saudade do Camarada; não perguntara dele a Gianini. Para esquecer esse feliz capítulo de sua vida, foi a um bar e se pôs a beber sobriamente numa mesa de canto sem notar a presença de outros fregueses. Antes de ir deitar, voltou a passar diante do apartamento.

– Ainda estão lá... E já são três da manhã!

Resistiu mais uma vez à vontade de ir ao encontro dos ex-camaradas. Dirigiu-se, amargurado, ao seu quarto. Mas, ao tirar a roupa e estender-se na cama, lembrou-se, afinal, de Marlene. Depois de dez anos surgira sua oportunidade. Ela entregara os pontos. Que fossem para o diabo o professor e as criancinhas do próximo século.

No dia seguinte, à tardinha, Mariano foi rondar os lugares que Gianini freqüentava. Não foi difícil encontrá-lo num pequeno bar da galeria. Acercou-se dele.

– Como é, Gianini, a coisa é mesmo para hoje?

Gianini, que bebia, não respondeu.

– Vamos, diga, amigão velho... Onde vão jogar as bombas? No quartel?

O italiano respondeu secamente:

– Não sei do que está falando.

– Da guerrilha, é claro.

– Que guerrilha? O senhor se engana, eu sou um pacato cavalheiro e estou com o governo. – E pagando a despesa saiu às pressas do bar sem olhar para trás.

Mariano sentiu inveja do segredo que Gianini guardava. Seria mesmo no quartel? De qualquer forma, desejava-lhes sucesso. Eram os melhores amigos que já tivera.

Ao cair da noite, Mariano, depois dum belo banho, começou a aprontar-se para o encontro com Marlene. Vestiu sua melhor roupa e usou o perfume que lhe restava num vidro. Cabelos cortados, barba feita, sapatos engraxados. Lembrou-se que era aquela a primeira vez que se arrumava como um noivo para encontrar-se com Marlene.

Às nove horas em ponto, estava no *Jungle-Bar* à espera dela. Pediu um conhaque duplo. Mas não ia exceder-se no álcool. Certa vez, Marlene consentira. Foram a um hotel e ele caíra no sono. Ao acordar, ela já se fora embora. Isso fazia cinco anos! Sinceramente não estava pensando nos guerrilheiros e não trocaria naquele momento suas glórias pelo corpo de Marlene.

Meia hora depois, novo conhaque duplo. Marlene não chegara.

– Garção, mais um!

Às dez horas começou a telefonar a todos os "inferninhos" que conhecia para localizar Marlene. O sangue subia-lhe à cabeça. Onde a bandida se metera? Pela milésima vez, faltava a um encontro.

Às onze já havia bebido quase um litro de conhaque, mas não arredava pé do "inferninho". E já estava com os dedos doendo de tanto telefonar.

O garção, timidamente, perguntou-lhe:

– Quem o senhor espera?

– Marlene.

– Ela esteve aqui com o Dr. Amílcar.

– Que Dr. Amílcar?

– O deputado.

Dava pena o estado de Mariano.

– Mas ela marcou encontro comigo!

– Dê um pulo no *Juazeiro*, ela costuma ir lá com o Dr. Amílcar.

No segundo seguinte, dentro de um táxi, Mariano seguia para o *Juazeiro*. A viagem foi curta, pois a boate era no mesmo quarteirão que o *Jungle*. Ia saindo do táxi quando sabem quem viu? A Marlene com um senhor idoso entrando num carro. Um belíssimo carro de luxo com chapa branca!

– Acompanhe aquele carro! – berrou Mariano ao motorista.

Mais febril que um maleitoso, o ex-guerrilheiro não tirava os olhos daquele carro que se afastava do centro. Por duas vezes obrigou o motorista a passar sinais vermelhos para não perdê-lo de vista. Finalmente, o chapa branca parou diante de uma elegante vivenda.

— O que o senhor vai fazer? — perguntou o motorista. — Acalme-se, por favor.

— Cale a boca!

— Vamos embora. O que o senhor pode fazer, meu amigo? Botar fogo na casa?

Mariano olhou-o fixo. Que idéia!

— O senhor tem razão. Vamos embora.

— Para o *Jungle?*

— Não, para outro endereço.

O endereço que Mariano forneceu foi o do pintor, em Vila Buarque. Pediu ao motorista que corresse. Que azar, se chegasse atrasado. Pagaria duzentos cruzeiros por sinal vermelho ultrapassado. Tinha de chegar num minuto.

Passava da meia-noite quando Mariano desceu do táxi. Olhou para cima! Havia luz. Precipitou-se como um doido escadaria acima. No lugar de bater a porta, forçou-a com o ombro, abrindo-a num estrondo. Lá estavam diante dele, estupefatos, Gianini, o pintor, o arquiteto, Simão e o estudante Raul, eles com suas bombas. Camarada reconheceu-o logo e lambeu-lhe as mãos. Descabelado, rubro, trêmulo, com a garganta seca, Mariano bradou:

— O deputado Amílcar Sampaio está em São Paulo.

Todos se entreolharam.

— Que deputado? — indagou Gianini, assustado.

— O desgraçado Amílcar Sampaio, aquele que quer acabar com a Petrobrás!

Simão examinava-o friamente:

— Você está bêbado?

— Quem está bêbado? Eu?

Gianini, seu velho amigo, acercou-se dele, curiosamente:

— Então está aqui esse deputado? E o que tem isso?

— É o inimigo do povo número um! Vamos dar um jeito nele.

— Você esteve com Marlene? — perguntou o italiano.

— Não! — berrou Mariano. — Estive seguindo esse canalha! Por favor, acompanhem-me.

Simão tomou a palavra e explicou que tinham um plano traçado. Iam jogar as Molotovs numa empresa norte-americana. Ele não poderia alterar o plano à última hora, ainda mais se tratando duma pessoa que não pertencia mais à organização.

Mariano respondeu com uma gargalhada histérica:

– O deputado Amílcar é o principal agente dos americanos. E depois, jamais abandonei a organização. Durante todo esse tempo estive na pista desse homem. A missão era tão secreta que nem a vocês contei coisa alguma e inventei a estória da Marlene.

Desceram os seis para a rua, cada um levando alguns litros cheios de gasolina. Mariano ia à frente e os outros atrás ainda surpresos com a inesperada visita e pouco resignados com a mudança dos planos terroristas. Só o arquiteto conhecia o deputado Amílcar e nunca ouvira dizer que ele pretendia acabar com a Petrobrás.

Na porta, Gianini anunciou:

– Veja o que temos, Mariano: uma perua. O nosso amigo Raul arranjou para nós.

A caminho da vivenda do Dr. Amílcar, Mariano ia mudo, aspirando o forte cheiro de gasolina das Molotovs. Raul dirigia com os olhos firmes. Gianini fazia perguntas que Mariano respondia com monossílabos. Nenhum deles sabia o que iam fazer. E Simão insistia que deviam incendiar a empresa norte-americana.

– Não é estratégico – argumentava Mariano, secamente. – Amílcar é o homem-chave.

– Então você o esteve seguindo? – indagava Gianini.

– Sim, Gianini, sim.

– E não nos disse nada.

– Nem à minha mãe.

Chegaram. Mariano desceu. A bela vivenda, mergulhada nas sombras, provocou-lhe nova crise de ódio. Apanhou com a mão espalmada uma Molotov.

– O que vai fazer? – perguntou Gianini.

– Isto! – berrou Mariano, atirando a bomba.

A Molotov bateu no telhado e não explodiu. Mariano esquecera-se de acender o pavio. Com as mãos trêmulas, riscou um fósforo e atirou a segunda bomba. Bateu num arbusto que logo se cobriu de fogo líquido. A terceira bomba foi atirada com tanta força e rancor que passou por cima da casa. Mas a quarta arrebentou os vidros do *living* e provocou uma fogueira.

— Vamos! — bradou Mariano. — Cada um atire a sua bomba! O maldito está lá dentro! Vamos.

Gianini obedeceu-o sem perda de tempo. O estudante Raul testou sua coragem arremessando duas rapidamente.

Ao ver a casa coberta de chamas, Simão ordenou:

— Chega! Vamos agora aos americanos!

— Chega nada! — rebateu Mariano. — Esta é a casa dum entreguista! — E arremessou mais uma bomba que provocou fortíssima explosão.

As luzes de todas as casas da rua se acenderam. Alguns curiosos se aproximaram, mas com certa cautela. Um guarda-noturno se pôs a apitar. Um carro de aluguel parou logo além.

— Vamos cair fora! — disse Gianini.

Nesse momento, do interior da casa, se ouviam gritos de terror. Uma mulher, espantada, pedia socorro. Mariano assoprando, para apagar, o pavio de uma Molotov, pensou em salvá-la. Seu ímpeto foi atirar-se às chamas e morrer com ela se fosse preciso. Mas a mão forte de Gianini jogou-o dentro da perua.

— Você já provou que é dos nossos — disse o italiano.

Raul não precisou de mais que um segundo para pôr o carro em movimento. Na primeira curva a perua subiu na calçada, quase capotou, mas nada aconteceu. No interior, ainda cheirando gasolina, os guerrilheiros iam mudos. Não se dirigiram à empresa norte-americana. Voltaram ao apartamento do pintor, onde, por sugestão de Mariano e endosso imediato de Gianini, trataram de restabelecer o estoque de bombas. Trabalharam até às seis da manhã com louvável entusiasmo e "vivas" à bravura do guerrilheiro Mariano.

Na manhã seguinte, os jornais noticiaram com destaque o estranho atentado sofrido por um dos líderes da oposição. Felizmente, afirmavam, não houvera vítimas. Dr. Amílcar e uma pessoa de suas relações haviam escapado ilesos.

O Casarão Amarelo

*Para
um tal Frank*

*A*ssim que me despedi de Glória fiz meia-volta, depois mais meia, esta premeditada e cautelosa, e saí em sua perseguição. Eu estava desconfiado, tão desconfiado que os transeuntes que vinham em sentido contrário me olhavam espantados. Que cara eu devia ter! Mas a culpa era dela, mentia demais, ora afirmava que morava com uma tia, ora com a madrasta, que trabalhava no escritório dum despachante, contradizia-se dizendo que procurava emprego, jurava ser virgem, queria morrer solteira, havia um ex-noivo contrabandista que andava à sua espreita com revólver no bolso, marcava encontros comigo e não comparecia, chorava por qualquer coisa, implorava que eu marcasse a data do casamento, depois anunciava sua entrada num convento, fizera curso de manequim, havia um senhor holandês que a desejava como amante, um patrão se apaixonara por ela, trocava meu nome, chamando-me Paulo, eu que sempre fui André, declarava descender de austríacos quando não descendia, às vezes aparecia com vestidos caros, um broche de ouro, e tinha um colar de pérolas comprado com que dinheiro se estava desempregada? Muitas vezes saía com Glória e ela falava pelos cotovelos, outras permanecia muda, ameaçava suicídio, chorava de saudade da infância, recitava versos de J. G. Araújo Jorge quando a noite era de lua, mas gostava mesmo era da lasanha, fingia-se de tuberculosa e falsificava uma tosse irritante, lia tudo sobre câncer, queria morar no Rio e confessava aos íntimos que estivera apaixonada por um cirurgião baiano. A única verdade de Glória talvez fosse a sua beleza, trombeteada pelos seus seios altos, rijos e esféricos.

 Comecei a desconfiar de tudo em certa tarde, nas primeiras semanas de namoro, quando via Glória passar dirigindo um

Austin. Eu ia atravessar a Avenida e o carro quase atropelou-me. Berrei: "Está louca, Glória!", mas a doida nem olhou para trás.

No mesmo dia eu me encontrava com ela.

– Puxa! Hoje você ia me matando!

– Eu... matando você?

– Com aquele maldito Austin! Onde o arranjou?

Glória fez cara de palerma:

– Que Austin?

– Você não guiava um Austin hoje?

A cínica gargalhou:

– Mas eu não sei guiar, André. Nem sei pôr um carro em movimento!

Era de enlouquecer: eu a tinha visto realmente, dirigia com o vestido verde que sempre usava, o eterno penteado tipo Torre de Babel, arregalara os olhos ao ver-me... Glória, rindo diabolicamente, reafirmava que não guiava, jamais pusera as mãos numa direção, eu precisava mudar as lentes dos óculos ou então bebera, isso, o mais provável, bebera.

Esse caso do Austin abriu as cortinas do drama. Resolvi investigar, saber direito, afinal, quem Glória era, o que fazia, com quem vivia, virgem ou prostituta, se sabia dirigir ou se me enganara, que idade tinha com certeza e, sobretudo – talvez para principiar –, onde ia todas as tardes. Aí está por que fiz meia-volta e depois mais meia. Precisava segui-la sem ser pressentido, ver onde entrava ou com quem se encontraria. Fui atrás dela separado por uns trinta metros, vendo o seu vestido verde. Quando parou diante duma loja, parei também. Escondi-me na entrada dum cinema. Vi Glória dar esmola a um mendigo, depois comprou uma revista de rádio, num sinal Siga não seguiu, parecia inclinada a voltar, continuou andando elegantemente e, afinal, entrou numa casa.

Parei na mesma porta. Era um sobrado muito velho amarelo com amplas janelas abertas. Atravessei a rua e fiquei na outra calçada à espera de que Glória saísse, espera terrível porque se demorou horas para reaparecer. Às sete, em cima da hora do encontro marcado comigo, deixou o casarão correndo. Tive de apanhar um táxi para chegar antes que ela à nossa esquina de sempre. Dez minutos depois a vi aproximar-se em passos lentos e descuidados. Mudara de marcha ao avizinhar-se da esquina. Maçã na mão.

– Quer?
– Onde esteve?
– Fui comprar a maçã. Quer?
– Mas você não veio de sua casa...
– Ah, bancando o detetive... Eu vou embora – ameaçou.

Eu sabia que ela viera do casarão amarelo, onde se demorara cerca de três horas. Seria fácil desmoralizar a sua mentira. Mas tinha medo de perder Glorinha sem uma prova provada de que não procedia bem. Fomos jantar juntos e mostrei-me alegre. À noite, em meu hotel, pensei intensamente no Austin e no casarão amarelo. Acordei com a boca e os lábios secos: febre.

Na mesma semana pude ver novamente Glória entrar no casarão amarelo. O que era o casarão? Um escritório, uma pensão ou um bordel? Seria Glória uma prostituta? Alguém já me dissera que São Paulo é o paraíso da prostituição vespertina, discreta, camuflada. Os senhores burgueses não sabem disso. Ou sabem... Sei lá! Foi nesse dia que "bolei" uma idéia cínica e ridícula, cômica e grosseira, genial e desesperada. Diante do casarão, no outro lado da rua, havia um prédio de vários andares, também muito velho. Daquele prédio eu poderia ver o que se passava dentro do casarão. Calculei que a visão seria ótima do segundo andar. Nele se via uma placa enferrujada: "Biancamano e sobrinho – alfaiate". Ensaiei entrar no prédio, mas a coragem pifou. Que imbecilidade! Voltei ao hotel.

Durante a noite, após uns tragos, a idéia da visita à alfaiataria amadureceu. Fruto verde e mirrado, cresceu amarelo e saboroso. Grande idéia, sim. Minha ida à alfaiataria poderia ser a solução de tudo. Da janela eu veria o interior do casarão e minha Glória nos braços de outro. Então, livrando-me da obsessão, lhe diria: "Já sei quem você é. Vamos ao meu apartamento pôr fim a esta comédia".

No dia seguinte, logo que Glória entrou no casarão amarelo, com os óculos pretos que comprei às pressas numa óptica, entrei no prédio. Ao pisar as escadas, senti um frio terrível, mas prossegui. Lá estava eu diante duma porta com uma placa: "Biancamano e sobrinho – alfaiate". Entrei.

– Bom dia, cavalheiro!

Era um jovem, em mangas de camisa, que me cumprimentava.

– Bom dia – respondi, quase sem olhá-lo. Ah, lá estava a janela e precisava aproximar-me dela. – Aqui é "Biancamano e sobrinho"? – Que necessidade havia dessa pergunta?

– Às suas ordens.

– O senhor é o sobrinho – tentei adivinhar infantilmente.

– Sou o sobrinho.

Eu me via na contingência de ser mais positivo. Afinal, o que um homem vai fazer numa alfaiataria, se não é fiscal nem qualquer coisa do gênero?

– Precisava ver umas fazendas...

O risonho sobrinho do Sr. Biancamano, apanhando-me pelo braço, levou-me a uma saleta onde estavam as fazendas. Era o enorme estoque da alfaiataria, mas eu não prestava atenção nas peças, aflito porque me conduziam para longe da janela.

– Que prefere? Casimira ou tropical? Temos também fazendas estrangeiras... Com certeza quer um tropical: vejo que sua muito com o calor.

Não fazia muito calor, mas eu estava suado: emoção.

– O que me diz desta?

Apanhei uma peça da fazenda, não me lembro de que cor. Como nada comentasse, Biancamano sobrinho mostrou-me outras peças, numa crescente expectativa.

– Aqui está escuro.

– Acendo a luz – disse acendendo um jogo poderoso de luzes.

Pensei depressa:

– A luz artificial às vezes engana.

– Mas de que cor o senhor quer?

– Há alguma janela por aqui?

Ele me levou para perto duma janela interna. Fiz na peça um exame rápido e desatento.

– Não é um belo padrão?

– A luz aqui não é muito boa... – Atrevidamente, apanhei a peça e atravessei o estabelecimento, rumo à janela da rua.

Finalmente a alcancei. Lá estava o casarão amarelo, enorme, com suas janelas abertas, quase ao alcance de minha mão. Esbocei um sorriso de alegria que foi logo erroneamente interpretado.

— Gostou deste, então?
— É muito movimentada esta rua? — perguntei, aéreo.
— Mais ou menos.

Fui forçado a examinar a fazenda. Não gostei. Pedi que me trouxesse outra peça. Depois, mais outra. Quando o moço se afastava, eu tinha tempo para espiar o casarão. Vi com nitidez um par de pernas cruzadas. Pernas femininas. Mas não me pareceram de Glória.

— É razoável esta fazenda — disse para romper o silêncio.
— É de fato muito boa.
— Tem mais clara um pouco?

Veio nova peça nas mãos do rapaz. Ele não escondia sua impaciência:

— Esta lhe cairá bem.
— O senhor me desculpe... Sou muito exigente...
— O senhor tem razão. Há muitas fazendas péssimas por aí. Algumas com o rótulo de estrangeiras — confidenciou.

Perguntei o preço do metro da fazenda. Quanto teria de dar de entrada? Qual o preço do feitio? Tinha algo mais a perguntar? Tinha: se a fazenda já era molhada.

— Hoje estou com um pouco de pressa — lamentei. — Não posso escolher a fazenda com calma. Amanhã eu volto.

Tive de sair, lembrando-me de que naquele ano eu já fizera uma roupa de verão e outra de inverno. Seria uma extravagância encomendar mais uma. E o pior lembrei depois: ia chegar tarde na agência de publicidade onde trabalhava, ciente de que diversas campanhas no marco zero me esperavam.

No dia seguinte fui diretamente à agência. Vi minha mesa coberta dos malditos envelopes gigantes que os contatos haviam colocado sobre ela. Dentro de dois, encontrei recados mais ou menos nestes termos: "André, ponha o assento na cadeira e termine logo esses textos". Meu impulso foi o de fazer todas as campanhas em tempo recorde, pretextar uma dor de cabeça e voltar ao meu posto de observação. Mas não era possível. Como se pode fazer correndo uma campanha sobre implementos agrícolas ou tornos quando há tantos detalhes a estudar? Resultado: não pude ir ao alfaiate e não concluí nenhuma campanha. Os envelopes gigantes se acumulavam sobre a minha escrivaninha e nada de eu passá-los ao Tráfego da agência. Um emprego daqueles, apesar de cacete, não podia perder. Entrei desesperado na sala do diretor:

– Seu Galvão...

O diretor notou logo algo estranho em mim.

– O que há, André?

– Vim do médico. Estou me sentindo mal. Doente de verdade.

– Vá para casa e descanse...

– Um dia não basta, o médico me recomendou repouso absoluto. Meu coração não está funcionando bem. Perigo dum enfarte.

– Na sua idade? Vou lhe dar um cartão, vá ao meu médico.

Recusei o cartão:

– Pode não haver perigo, mas o fato é que estou doente. – Alterei a voz: – Muito doente, em péssimo estado.

– O que você quer?

– Férias.

– Duas férias neste ano?

– Por favor, seu Galvão, me dê férias. Não gozarei as do próximo ano, certo?

Tiveram de arranjar às pressas um redator substituto e assim me livrei do trabalho durante vinte dias úteis. Quinze dias úteis, pois no sábado Glória não freqüentava o tal casarão amarelo.

Voltei com mais sossego à firma "Biancamano e sobrinho". Desta vez, fui logo para a janela e pedi ao rapaz que fosse me trazendo as peças. Uma das janelas do casarão estava fechada. Vi uma velha passar com qualquer coisa nas mãos que me pareceu um bolo. Um menino brincava no chão.

– Já escolheu? – perguntou o moço.

– Não! – berrei.

Biancamano sobrinho afastou-se, creio que irritado. Em seguida, o próprio Biancamano aparecia para atender-me, velhote simpático, tipo Gepeto, de cabelos grisalhos, porém desconfiado em relação à minha pessoa.

— O senhor está indeciso... — observou. — Eu o ajudo. Vamos ver essas peças. Não gosta da Aurora? Este Maracanã é especial, o padrão mais procurado.

Glória! Vi Glória pela primeira vez cruzar a sala do casarão, com os braços abertos, como se fosse abraçar alguém.

Debrucei-me na janela num salto.

— Um helicóptero! — bradei ao velho.

— O quê?

— Passou um helicóptero.

O velho me olhou dum jeito esquisito. Atrás dele, o sobrinho, a alguma distância, me observava, irritado. Voltei a examinar as fazendas.

— Que marca é essa? — perguntei, apontando o dedo para qualquer uma.

— Qual?

— Quero um tropical brilhante.

— Este é tropical brilhante.

— Mas não é inglês, vê-se.

— Claro que é inglês.

Trazia o dinheiro das férias no bolso. Resolvi, enfim, fazer um terno, não de fazenda estrangeira, mas da nacional, e das mais baratas, isso já no fim da tarde. Há três horas e meia que eu me plantei diante da janela.

O Sr. Biancamano começou a tirar as medidas. Havia uma sala especial para isso. Ao ver a sala, protestei:

— Aqui não fico.

— Por quê?

— Sofro de claustrofobia. Vamos para a janela.

O velho era rápido demais na tarefa de tirar medidas ou o tempo voava enquanto eu fixava o casarão amarelo. Em dois minutos, tudo anotado. Dei-lhe o dinheiro da entrada. Muito caros os ternos do Sr. Biancamano.

— O senhor está livre — disse ele.

Mas eu não queria ir embora! Ia gastar cinqüenta mil cruzeiros, para ser posto fora da alfaiataria, do meu querido posto de observação?

— Não é melhor tirar as medidas novamente?

— Nunca erro.

— Ninguém é infalível.

— Seu corpo é normal. Se fosse um Chico Bóia...

Eu me recusava a sair de lá. Já vira a velha outra vez. A criança corria pela sala. Alguém ligara o rádio. Claro que não podia ir embora! Olhando pela janela, perguntei ao alfaiate:

— O senhor tem saudades da Itália?

— Nunca estive lá, sou apenas filho de italianos.

— De que província eram seus pais, Sr. Biancamano? Sabe que em Piza há uma torre torta? Já leu a autobiografia de Raquel Mussolini? Já leu Malaparte, Sr. Biancamano? O senhor com certeza gosta de talharine, não é verdade? Qual é a melhor cantina que existe em São Paulo? Já sonhou com Gina Lolobrigida inteiramente nua, trabalhando na cozinha? Acha que o comunismo dominará a península, velho Gepeto? Como é o nome de sua excelentíssima esposa?

Queria travar amizade com ele, tornar-me seu íntimo, negociar a compra daquela janela no crediário, mas ele era homem muito ocupado. Além disso, por azar, mãos cruéis fecharam as janelas do casarão.

Voltei à alfaiataria no dia seguinte.

— A prova não está pronta — informou-me o acre sobrinho do Sr. Biancamano, que já devia odiar-me.

— Não faz mal, eu estava só passando por aqui... Como é que vai o senhor seu tio? — Dirigi-me à janela. Pedi a um aprendiz que me fosse buscar um café. Fiquei uma hora e meia diante da janela, ignorando o interior da alfaiataria. Se me perguntavam coisas, não respondia. Às seis, um Austin parou diante do casarão amarelo e dele desceu um homem com cara de chave inglesa. Não era o Austin que vira Glória dirigir?

— Vamos fechar — disse-me o nervoso sobrinho de Biancamano.

Tive de retirar-me, com cara feia. Era sexta e só na segunda poderia voltar ao meu posto de observação.

Na semana seguinte, ao entrar na alfaiataria, o próprio Biancamano me deu uma notícia terrivelmente desagradável.

— A primeira prova, senhor.

— Já? — escandalizei-me.

— Mas o senhor não está com pressa?
— Quem lhe disse que estou com pressa?
— O senhor tem passado a tarde toda aqui...
— O senhor se engana, meu amigo, não tenho pressa alguma. O que eu quero é um serviço bem feito.
— Mas a prova está pronta.

Choveu muito aquela tarde e as janelas do casarão não se abriram. Na terça, só uma janela abriu. Nesses dois dias, eu via o dono da alfaiataria trabalhando em minha roupa. Um ajudante costurava uma manga. Tentei distrair o rapaz com uma conversa sobre futebol para que se atrasasse. Quando ele terminou a manga, chamei o Sr. Biancamano em particular e lhe disse que o ajudante "matara" o serviço. Que fizesse a manga de novo.

Na quarta, a segunda prova ficou pronta. Notei que queriam terminar a minha roupa o mais depressa possível. Então passei a conversar com o Sr. Biancamano e o ajudante, visando impedir que corressem tanto. Contei, inclusive, o que nunca fiz, uma série de anedotas pornográficas. Na quinta vi de novo o Austin parar diante do casarão. Que ligação o dono do carro teria com Glória? Meu Deus, era ela quem surgia à janela e sorria para o homem de cara de chave inglesa.

— Pode vestir.

O Sr. Biancamano tinha as calças e o paletó nas mãos.
— Hoje?
— Está pronto. Vá ao vestiário.
— Sofro de claustrofobia, já disse. Me visto aqui mesmo.

Diante da janela, vesti o terno novo, sempre a olhar para fora. Um dos ajudantes foi postar-se ao meu lado, como se quisesse descobrir o que eu espiava. Desajeitado, abotoei as calças. Glória não estava mais na janela.

Com dor no coração, paguei o feitio do terno e tive de me despedir do velho Gepeto. Mas na sexta eu voltava com uma reclamação: o terno não caía bem. Queria uma reforma. O alfaiate obrigou-me a ficar uma hora diante do espelho para provar que me enganara.

— O corte está ótimo.

Não dá para encompridar as calças?

– Para pisar nelas?

– As mangas estão curtas.

– Não estão.

– Veja que estão.

O Sr. Biancamano fechou a cara:

– Nunca tivemos um freguês como o senhor... Já nos aborreceu demais por causa deste terninho. Recuso-me a reformá-lo.

Fui tão descarado que ainda segui até a extremidade da sala para dar uma última olhada pela janela. Depois, saí, pisando firme, irritado, sem despedir-me. Na porta, gritei:

– Carcamanos ladrões!

Sofri uma crise de nervos no hotel ao ter plena consciência de que perdera meu posto de observação. O que eu descobrira naqueles oito dias? Praticamente nada: que um homem, dono dum Austin, freqüentava o casarão amarelo. Mas que relação havia entre ele e a minha adorada Glória de peitos redondos?

Voltei a percorrer as redondezas do casarão. Com saudade via a placa "Biancamano e sobrinho – alfaiate". Mas tive felizmente outra idéia: ao lado da alfaiataria havia uma janelinha com uma velha tabuleta: "Pensão Estrela – comida caseira". A pensão, porém, não servia refeições depois das duas horas. Teria de freqüentá-la por outras razões.

Numa tarde, aparentemente tranqüilo, subi as escadas da "Pensão Estrela". Um cheiro de comida azeda era a sua marca registrada, o cheiro que teria de suportar muitas vezes ainda. Uma velhinha, embrulhada num xale, recolhia pratos e talheres de pequenas mesas. Um rapaz manco varria. Segui delicadamente para a janela. Lá estava o casarão amarelo. Era como se eu tivesse sentado no cinema numa das filas laterais. A visão, inferior à da alfaiataria, mas também boa. Vi pessoas se movimentarem. Glória estaria entre elas, porém não a distinguia. Debrucei-me no peitoril.

– O que o senhor quer?

Voltei-me e vi a velhinha. Devo tê-la fuzilado com o olhar, pois a coitada assustou-se. Meu primeiro impulso foi o de contar-lhe tudo. Talvez pudesse compreender. Tratei de ganhar tempo...

– A senhora...

– Sou a dona da pensão.

— Ainda servem refeições? — Eu planejava puxar uma das mesas para perto da janela.

A velhinha me olhou como se estivesse diante dum imbecil. Não percebia que já limpavam as mesas?

— Às duas fechamos a cozinha. O senhor chegou tarde.

Tarde? Chegara na hora. Olhei novamente pela janela. Vi claramente Glória brincando com a criança. Seria seu filho? Quem sabe tinha um filho, sem que a família soubesse, e estava cuidando dele naquela casa? Hipótese viável.

— Não vim para comer — disse.

— O quê?

— Como em restaurantes, de preferência franceses. A comida daqui é limpa? Quantas calorias a senhora põe à mesa? — Pensei em fazer-me de fiscal, mas tive pena de assustar a velhinha.

A pobre empalideceu: a cozinha não devia ser limpa.

— Somos até muito... — Olhou ao redor, procurando auxílio. E o auxílio veio: o marido da velhinha, magrela, de cabelos ralos, pele muito branca, olhinhos vivos.

— Não sou fiscal — fui dizendo.

Os dois se entreolharam. Ele, mais corajoso, falou:

— Já vieram diversos fiscais aqui, nunca encontraram nada errado. Estamos estabelecidos há muitos anos.

Pus-lhe a mão no ombro, querendo ser simpático.

— Já disse que não sou fiscal.

— O senhor trabalha em?

— Imóveis. A minha é a Imobiliária São Lucas. Estamos muito interessados neste conjunto.

O casal foi atingido por um raio.

— O senhor quer comprar? Não somos os donos.

— Sei disso.

— Estamos aqui há vinte anos.

— Vinte e dois — ela corrigiu como se fosse esse um grande argumento.

— Vim para ver se o conjunto é do nosso agrado — disse, encostando-me à janela. Glória ainda brincava com a criança sob um feixe de luz do sol. — O prédio, sem dúvida, é bom. Uma rua muito central. Condução farta. Acho que vamos fazer uma oferta ao dono...

A velhinha tremia de dar pena:

— Quer dizer que teremos de sair?

A paixão me tornava cínico e mau:

— Se comprarmos, não haverá outro remédio, minha senhora...

— Já falaram com o proprietário? — quis saber o velhinho, aflito.

— Ainda não.

A conversa, pausada, me favorecia. Agora Glória brincava com o menino no ângulo da outra janela. Estava bonita num vestido azul. O garoto dava gritos.

— Se o senhor comprar, quanto tempo teremos para...

— Com um bom advogado vocês se agüentam seis meses.

— Advogado? Nós? Impossível.

A velhinha segurou-me o braço. As mulheres sempre entregam os pontos antes:

— Meu senhor, esta pensão não dá nada. Ninguém gosta de subir dois andares para comer. Se vamos vivendo é porque o aluguel é antigo. Saindo daqui, não poderemos abrir pensão noutro lugar.

Era um drama, eu reconhecia. Senhores deputados: nunca revoguem a Lei do Inquilinato. Protejam os aluguéis antigos, principalmente os velhinhos que pagam aluguéis antigos. Era um drama, sim, mas eu também tinha o meu drama.

— Gosto deste trecho da cidade — disse. — O ar aqui é excelente. Dizem que faz bem aos pulmões.

Os velhinhos nunca tinham ouvido dizer isso. Ar excelente o duma rua central, intoxicado pela fumaça de cem mil ônibus? Era uma novidade de estarrecer.

— A Imobiliária pretende comprar para quê?

— Temos um cliente em vista. Um iogue. Sabem o que é um iogue? É um hindu que pretende dar aulas não sei de quê. É um homem muito famoso, amigo íntimo de Kennedy e de sua elegante esposa.

Fiquei com nojo de mim mesmo ao contemplar o casal de velhinhos ameaçados de despejo. Nunca mais teriam sua pensão e sem ela estariam condenados. Não possuíam filhos nem parentes. Trágico. Ah, o Austin parava na porta do casarão.

— O senhor vai fazer uma péssima compra — disse o velho.

Como dar atenção àquele idiota? Precisava ver quem dirigia o Austin. Creio que se tratava do homem de cara de chave inglesa.

— Aqui há ratos — balbuciou a velha. — Ratos enormes.

— O hindu tem uma coleção de ratoeiras que ganhou dum marajá.

Foi a vez do marido:

— O prédio está caindo aos pedaços. Por que a Imobiliária não compra um conjunto novo?

— Acho que esse me convém — respondi. — Agrada-me o panorama e o hindu também vai gostar.

O velhinho espiou pela janela:

— Que panorama?

A velhinha ajuntou-se a ele:

— Daqui só se vêem prédios velhos.

O panorama, de fato, era horrível.

— Para muitos — expliquei — o feio é o belo.

— O senhor disse?

— O feio é o belo — gritei.

Para disfarçar um pouco minha intenção, passei pela sala. O conjunto era pouco maior que o do alfaiate, mas parecia ainda maior porque não possuía divisões. Andei duma extremidade a outra, medindo os passos. Quantos metros de largura e quantos de comprimento? Olhei o teto.

— Tem boa altura.

— Isso tem, mas é tão feio! Não entendo como o senhor pode gostar.

— Estou apaixonado pelo conjunto — confessei.

E havia mesmo a marca da paixão em mim. Enquanto andava, os velhinhos me seguiam. Há anos temiam que surgisse um comprador para o conjunto, o que representaria o fim deles. Ao voltar à janela, o Austin engatava a primeira.

Não pude ver se Glória ia nele.

— Voltarei amanhã — despedi-me.

Na tarde seguinte, entrei na "Pensão Estrela" e me coloquei diante da janela. Trazia uma novidade: um binóculo. Apenas uma das janelas do casarão amarelo estava entreaberta. Não dava para ver nada.

– Ah, é o senhor?

Era o dono da pensão.

– Aprecio o panorama.

– Quer ver como está a cozinha? O encanamento estourou.

O que eu tinha com isso?

– Não sou encanador, meu amigo.

– O encanamento do prédio está podre. O senhor terá de se aborrecer muito para...

– Isso não é comigo, é com o hindu.

A velhinha entrou em cena: devia ter envelhecido mais uns cinco anos naquela noite. Tentou sorrir para subornar-me.

– Quer bolinhos? – perguntou.

Eu não almoçara. Há dias que não almoçava direito. Aceitei os bolinhos, que vieram num pires. Preguei os olhos no casarão amarelo, tão grande e misterioso.

O dono do estabelecimento avizinhou-se com ar sutil:

– Há muitos conjuntos melhores nesta rua...

Com o binóculo eu via algo mover-se dentro do casarão amarelo.

– Quem mora nessa casa? – perguntei.

– Não sabemos, não nos damos com vizinhos.

Mais uma esperança que eu perdia. Tive ódio do velho e da velha. Todos os velhos se interessam pela vida dos vizinhos, menos eles.

– Quer mais bolinhos?

A velha lutava para conquistar minha simpatia. Arrastou-me para a cozinha e mostrou-me a pia toda quebrada, os ladrilhos soltos, as portas sem trinco. Como eu entregaria ao hindu o conjunto naquelas condições? Eu já pensara no custo da reforma?

– A senhora não conhece os hindus. Eles não ligam para essas coisas... Vêm de um país ainda mais pobre do que o nosso. Mas se acalme, a compra ainda não foi feita. Estou apenas observando, amanhã eu volto.

No outro dia fui encontrar os velhos com uma folha de papel escrita a lápis. Eram endereços de conjuntos daquela e de ruas próximas que poderiam interessar à Imobiliária. Todos muitos bons, bem conservados. Um deles apresentava uma vantagem:

não tinha inquilinos. O próprio dono da pensão se incumbira de organizar a lista, percorrendo o bairro com sua velhice e seu reumatismo.

– Minha imobiliária tem métodos diferentes de trabalho – expliquei. – Não interessa a ela o conjunto em si, entenderam, e sim a visão exterior, o que se descortina da janela.

Os velhinhos não entendiam isso:

– Esse prédio mais cedo ou mais tarde será derrubado...

– Que derrubem. O problema é do hindu.

Aí assisti a uma cena tocante: a velhinha atirou-se no meu ombro e começou a chorar. Suas lágrimas me molhavam a roupa. Disse que o marido passara a noite em claro. Se tivessem de abandonar o prédio, seria preferível a morte.

– Não compre, senhor – ela implorou.

– Por favor, não chore assim.

– Somos velhinhos, não vê?

Abracei a velhinha. Eu também tive mãe, avó e tias velhas. Não podia torturar mais aquela gente. Acariciei-lhe os cabelos brancos, enxuguei-lhe as lágrimas com meu lenço.

– Está certo, não compro.

– Muito obrigado, meu filho – ela agradeceu, tão feliz.

O marido ouvira o fim do diálogo e estava radiante.

– Apenas queria que me deixassem apreciar um pouco mais o panorama. Sou pintor nas horas vagas e me fascinam essas casas velhas.

Permitiram generosamente. Pus o binóculo nos olhos.

Cinco minutos depois, vi o Austin parar diante do casarão. Glória, radiante e fresca, saiu à porta. Empalideci.

– O que sucede? – a velha quis saber.

Não me contive: diante dos velhos estupefatos, corri para a porta como um doido. No corredor, topei com o Sr. Biancamano, que entrava. Quase o atirei no chão. Desci as escadas de três em três degraus. Ao chegar à rua, o carro já partira.

No dia seguinte não pude voltar ao meu posto de observação: seria descaramento demais. Vaguei pela cidade feito um possesso: em todas as mulheres descobria semelhança com Glória. E não podia ver um Austin sem me pôr a tremer dos pés à cabeça.

Sentado num bar, bebericando uma cerveja, lembrei-me de consultar o Dr. Machado.

Já o conhecia e precisava dum psicanalista, um médico como o Dr. Machado, com quem tivesse franca liberdade de confessar os meus problemas. Só um médico poderia salvar-me da loucura.

Entrei no consultório com ar apalermado. Larguei-me numa poltrona, olhando o médico. Era eu quem fazia perguntas:

– Que idade tem, doutor?

– Quarenta e dois.

– Casado?

– Casei-me recentemente.

– Já amou desesperadamente? Ou melhor, sabe o que é uma dor-de-cotovelo? Sinceridade, doutor.

Ele interessou-se pelo meu caso. Era homem sensível e até há pouco fora um solteirão. Amara uma enfermeira. Moça feia e sem graça, mas a amara sem limites. Contei-lhe o meu caso, inclusive os episódios da alfaiataria e da "Pensão Estrela". Ouvia atento.

– Que imaginação o senhor tem! – disse em tom de elogio.

– Ela é que me mata. O que devo fazer, doutor, para me livrar disso?

Dr. Machado passeou pela sala. Disse:

– Em primeiro lugar, sexo aplacado. Se puder ter relações sexuais duas vezes por dia, muito melhor. Era o que eu fazia para me esquecer de Helena. O melhor caminho é enjôo da carne feminina.

Eu entendia.

– Deu resultado no seu caso?

Dr. Machado largou-se numa poltrona:

– Não.

Engraçado: como dava um conselho ciente de que não obteria resultado?

– O que o senhor fez depois?

Dr. Machado, sem olhar-me, recordava. As lembranças davam-lhe prazer e dor ao mesmo tempo.

– Um dia me meti num cargueiro. Prendi-me num cargueiro, entendeu? Fui dar na Argentina. Um mês na Argentina, bebendo, correndo atrás de mulheres e dançando tango. Quando voltei, Helena havia se mudado para o Norte.

Arrependi-me de consultar aquele médico. Ele não me abria nenhuma porta para a fuga a não ser a de um melancólico cargueiro rumo à Argentina.

Levantando, anunciei:

– Tive uma idéia: já que perdi meus postos de observação, vou alugar um Volkswagen e estacioná-lo diante do casarão amarelo. Ficarei lá dia e noite até descobrir algo.

Para minha surpresa, o médico achou a idéia excelente:

– Isso não me ocorreu em relação a Helena. Parabéns.

– O que o senhor disse?

– Parabéns.

Mais animado, decidi:

– Começo já.

Na porta, Dr. Machado, jeitosamente, me perguntou:

– Onde fica esse casarão amarelo?

Num Self-Drive aluguei um Volks velho, vesti uma capa de chuva, pus óculos pretos e parti para o casarão. Levava sanduíches, bolachas, empadinhas, como se fosse fazer um piquenique. Ah, e o litro... o litro era indispensável porque ninguém pode ficar muitas horas sem urinar.

É estranha a sensação de ter de permanecer horas e horas num carro parado. Deve ser mais agradável percorrer a Belém-Brasília, dando vivas a JK. Uma rua é monótona sempre, por mais movimentada que seja. O pior era quando a noite caía. No primeiro dia vi Glória entrar no casarão e só sair de madrugada. Estava tão cansado, que dormi dentro do carro. Acordei cedo, com a rua iluminada. Ao meio-dia o Austin parou na frente do meu Volks. O homem de cara de chave inglesa saiu, levando u'a mala. Pude vê-lo mais de perto: era antipático, porém bem vestido. Nesse dia, só me distraí um pouco quando Glória saiu, apanhou um táxi e foi para o apartamento da tia. Assim, dirigindo dois quilômetros, desenferrujei os músculos. Ela dormiu no apartamento, mas logo cedo recebeu a visita do homem do Austin. Imaginei que o fulano estava convencendo a tia a deixar Glória viver com ele.

Nessa noite acabaram-se minhas provisões: comprei mais sanduíches, empadas, pastéis e amendoins. Comprei revistas e um livro policial. À tarde, tive fortes dores nas pernas. Felizmente Glória saiu e pude mexer-me, acompanhando-a, no Volks, até o maldito casarão amarelo.

Para minha surpresa, no começo da noite o Dr. Machado pôs a cara na janela do meu carro.

— Novidades?
— Dr. Machado!
— Posso entrar?

Entrou e ficou comigo até às dez horas. Nesse tempo, contou-me com minúcias o seu caso com a enfermeira. Se na ocasião tivesse tido a idéia do Self-Drive, descobriria com quem Helena o traía. Ao ver o litro, felicitou-me e teceu novos elogios à minha imaginação.

O dia seguinte era sábado e o Dr. Machado voltou. Disse que dispunha de mais tempo.

— Que tal este posto de observação? — perguntou.
— Oferece algumas vantagens sobre a alfaiataria e a pensão. Pode funcionar nos sábados e domingos e a qualquer hora.
— É verdade — confirmou Dr. Machado. — Mas o que apurou até agora?
— Acho que nada.
— Persista.

Eu e o Dr. Machado não tirávamos os olhos da porta do casarão. Observei que se impressionara demais pelo meu caso e revivia através dele o seu próprio drama de ciúme. Estava fazendo o tempo recuar. Para ele, quem estava no casarão não era Glória e, sim, a sua Helena enfermeira, e excitava-se.

— Lá vem o Austin — informou-me, mais vigilante do que eu mesmo. — Não se distraia, rapaz.

Bem me haviam prevenido de que todos os psicanalistas são doidos! Só um louco é capaz de se interessar tanto pela loucura alheia. Com um médico desses, eu não podia ficar curado.

— É uma visita rápida, logo o homem sai.

O Dr. Machado ficou comigo mais de uma hora, depois despediu-se. No domingo, voltaria para ajudar-me. Homem de palavra, voltou mesmo. Trouxe frutas. Sentou-se ao meu lado e quase não conversava, com os olhos no casarão.

– Como estou cansado – lamentei.

– Agüente firme.

– Quatro dias que estou dentro deste Volks.

Ele não se comovia com meu aspecto físico. Queria a solução do problema. O homem do Austin seria amante da moça? E quem era aquela criança? Num momento em que o menino saiu à porta, o Dr. Machado examinou com o binóculo. Também desconfiava de que fosse filho de Glória. Quando não tinha assunto, o médico roía as unhas e fazia cacoetes.

Na segunda-feira ele reapareceu com um amplo sorriso:

– Sabe que amanhã é feriado?

– E daí?

– Podemos ficar o dia inteiro, observando.

Eu podia suportar a minha própria loucura, mas suportar também a loucura dos outros era demais. Além disso, tinha ciúme do Dr. Machado. Por que se interessava tanto pela minha Glória?

Apesar da irritação que se apossava de mim, senti-me mais satisfeito no feriado com a companhia do Dr. Machado. Era melhor do que a solidão. Ele me confortava, lembrando o sacrifício dos astronautas dentro de pequenas celas. Para reanimar-me, aplicou-me uma injeção de não sei que no braço. Mas o tempo todo olhava para o casarão amarelo.

– Lá vai ela! – exclamei.

– Vamos segui-la! – bradou o médico.

Glória apanhou um táxi, mas a minha perseguição não foi longe. Os músculos emperrados me fizeram dirigir sem perícia e fui esbarrar num pesado caminhão. Nem quero contar o aborrecimento que isso causou a mim e ao Dr. Machado.

Devolvi o carro amassado ao Self-Drive. O proprietário do estabelecimento estranhou que em oito dias eu só rodasse sete quilômetros. Acusou-me de ter alterado o marcador para não pagar o excesso. Não pude convencê-lo do contrário.

A grande desgraça era a chegada do fim das minhas férias. Como voltar ao trabalho se meu ciúme me ocupava tempo integral, com horas extras e sem descanso aos sábados e domingos?

Desnorteado, procurava Dr. Machado em seu consultório. Deixava, afoito, qualquer cliente para atender-me. Costumava consolar-me assim:

— Você não conquistou a pequena, mas está vivendo grandes emoções.

Isso não me consolava, o que eu queria eram novas idéias que me ajudassem a solucionar o mistério do casarão amarelo. Dia e noite quebrava a cabeça à procura de outro caminho. Mas sejamos justos: o Dr. Machado me ajudou nesse trabalho.

Finalmente, juntos, tivemos outra idéia, ousada, corajosa, terrível. Vou entrar no casarão amarelo. Repito, se quiserem! Vou entrar no casarão amarelo! Como? Sobre a minha cama, muito bem passado e limpo está um uniforme de bombeiro. Só Deus sabe com que sacrifício o consegui. Vestido de bombeiro e com um enorme bigode Glória não vai me reconhecer. Na verdade, não pensei ainda no pretexto para entrar na casa. É um detalhe sem importância. Inventarei na hora qualquer coisa... Farei ao homem da cara de chave inglesa, à velha, ao menino e a Glória uma preleção contra os fogos de artifício, já que o mês de junho está aí. Também não inventei uma estória antes de entrar na alfaiataria e na "Pensão Estrela".

O próprio Dr. Machado gentilmente se ofereceu para levar-me em seu carro até à porta do casarão amarelo. Ficou na rua, à espera dos resultados. Homem humaníssimo, bem sabe quanto dói uma dor-de-cotovelo. Despedi-me dele como quem parte para uma guerra. Em meu uniforme de bombeiro, cheguei até à porta. Dr. Machado me fez sinal para ajeitar o quepe... Parei um instante, mas prossegui. Comecei a subir os degraus da casa com emoção. A primeira pessoa que vi foi o menino:

— Glorinha, tem um "sordado" aí...

Noites de Pêndulo

– Diário de um ébrio em dias de inflação, crise, lágrimas e convulsão social.

*Para
Oswaldo Teixeira de Carvalho*

Janeiro, 19

É bonito tomar porre, mas é preciso certo cuidado. O garção do bar lá do térreo acaba de bater na minha porta para cobrar três copos que quebrei. Ontem, de fato, estava com a mão mole. Não fiz por querer. Os copos continham uísque e eu ainda não estou doido. Raramente meto-me em brigas, apenas os copos me escorregaram. O culpado, acho, foi a besta do Gianini, que me entorpecia com seu socialismo e seu hálito forte. Lembro-me que lá pelas tantas o empurrei e sem me despedir fui correr os "inferninhos" da Vila Buarque. Faço isso quase todas as noites, embora com algum receio de que me confundam com os incautos do interior. Só permaneço nos antros onde sou mais conhecido e onde não se toca muito baião.

Paguei os copos e já que o garção estava em minha porta lhe pedi que trouxesse três cervejas geladas. Graças a Deus emagreci muito e volto a tomar cerveja, a bebida mais barata que existe. Houve tempo em que só tomava White Label ou Teacher, velhas estórias pré-inflação que nos põem dramaticamente saudosos.

É sábado e não faço nada. A bem da verdade, nunca faço nada, mas hoje é sábado.

Janeiro, 22

Novamente o dono de uma pequena agência de publicidade, a Novidéia, me pediu textos. Tenho ganho algum dinheiro com a propaganda desses comprimidos anticoncepcionais. Escrevo para ir tocando a vida e também por um pouco de idealismo. A gente precisa crer em alguma coisa. E eu creio que muita gente faz muito peso sobre a crosta da Terra, faz muito barulho, muita intriga, muito desastre. Tenho uma vizinha. Já está com oito filhos e parece que vai ter mais um. Vá lá que seja boa pessoa, mas para mim não passa de uma verdadeira máquina de fazer cadáveres.

Esses textos, alguns artigos sobre o sexo dos anjos e umas traduções de bulas e folhetos têm pago as minhas despesas. Claro que já desisti de ficar rico e o fato dos automóveis terem agora marchas sincronizadas não me atrai. Resolvi o problema da distância morando mal, mas morando no centro. Também não me preocupo com o projeto das casas populares. Um cara sozinho como eu não precisa de muito espaço. E no meu quarto podem caber umas vinte pessoas em posição de sentido.

Amanhã entrego os textos e recebo uma parte do pagamento por conta. Ando precisando comprar um cinto, mas ainda desta vez comprarei um litro de uísque. Vamos aos textos.

Janeiro, 24

Passei o dia consultando horóscopos. Pertenço ao fabuloso signo de Aquário, que já deu muitos gênios à humanidade. Os aquarianos são cultos, sensíveis e vingativos. Infelizmente são vítimas de doenças infecciosas e de mortes violentas. Adoram os prazeres terrenos, mas com muita categoria. Vivem cem anos adiante do resto da humanidade, o que causa certa confusão quando assinam cheques. Os aquarianos são joviais, aristocratas e livrescos. Casam-se perfeitamente com os signos de Virgem e Balança. Amam o dinheiro, porém desdenham as formas de obtê-lo. Diz, ainda, o horóscopo, que uma vez ou outra os aquarianos podem ser encarcerados, o que me enche de preocupação. Pouco a pouco, sem pressa nem superficialidade, vou me tornando um entendido de astrologia.

Janeiro, 27

Só agora percebi que estou fazendo um diário. Deve ser influência da Carolina Maria de Jesus. Mas hoje não escreverei mais nada, gerações do futuro. Aquele conhaque que o Gianini arrumou era positivamente o pior do mundo.

Janeiro, 30

Comecei a escrever um interessante artigo para provar que todas as pessoas que não bebem são cruéis, autoritárias e limitadas. Mas não fui muito longe. Desviei a atenção para um calendário com doze jovens seminuas adornando novos tipos de automóveis. Obrigado, mil vezes obrigado, ó indústria automobilística. Suas alegres *pin-ups*, se não me vendem carros, fazem-me agradável companhia nas noites de insônia. Ainda outro dia, eu enchia as horas a batizá-las. É bom dar nomes às mulheres. A do mês de janeiro, chamo de Suzete e atribuo-lhe origem francesa. Invento uma estória a seu respeito. Faz de conta que jantei com ela no sábado, ouvindo, alegres, o Gianini contar suas aventuras marxistas. Mas é amor de trinta dias. Em fevereiro entretenho-me com Gladys, dona de uma pequena lancha na qual cortamos, audaciosos, a represa de Santo Amaro. Depois, levo-a para casa, peço-lhe que se dispa, empunho a minha lança-perfume Rodo Metálico e em seu corpo assino com éter o meu nome. Vem março e chega Dóris, estudante doidivanas, a bater na minha porta com o taco de seu sapato. E logo está ao meu lado, vestida sobre a cama, com suas flores, livros e cadernos. O pai é o chato de sempre, mas ela é toda curvas, maciez, feita com compasso. Em abril, Manuela, portuguesa, mente que me ama. Vamos passear de bicicleta-dupla no aristocrático Guarujá, esportivos e serenos, donos do mar e da brisa, chupando enormes sorvetes entre ricos e gordos industriais árabes e judeus. Maio a operosa Vitória (depois do desfile de 1º de maio) tem fome e me arrasta para o restaurante "Careca". Ela trabalha, ganha, crê no futuro e quer casar. É a mais perigosa de todas e suspeito que seja comunista. Confesso-lhe que sou um devasso e que não sou sindicalizado. Mesmo assim, ela insiste por um mês. Junho é mês de frio, o que é bom, pois Dolores é quente. Passamos o mês inteiro na cama, eu resfriado, ela encolhida. Aos domingos, no apartamento fechado, leio para ela as mais belas páginas de Oscar Wilde e assistimos, encantados, os piores programas de televisão. Pacientemente, invento a moça de julho, que se chama Sandra e fala pouco. Seu sonho é conhecer o Japão. Não me ama. Ama o Japão, com suas cores, modas e paisagens. Mas não sonha apenas. No último dia do mês, mostra-me uma passagem. Vai mesmo para o Japão. Peço-lhe que tenha cuidado com os amarelos, ela sorri, sacode a mão no ar e desaparece. Agosto, mês de desgosto, traz-me Aurora com a perna quebrada. Veio visitar-me, escorregou, quebrou a perna, engessou-a e ficou comigo. "Esta não me escapa", penso. Trinta dias de amor intenso, ela toda sinceridade e afeição. Mas no último dia, tira o gesso. Descubro tudo. Era o gesso que a prendia a mim. Sem gesso ela ama um tal de Eduardinho, mestre de *twist* na rua Augusta. Setembro, eu e Lia passeamos entre jardins. Lemos poesias de Casimiro de Abreu, que neste mês melhoram de efeito. Roubamos flores nas casas do Jardim América. Freqüentamos bares ao ar livre e jogo minha primeira partida de tênis. Termina o mês, e ela, muito mais moça que eu, continua em sua primavera, expondo ao vento e ao sol a sua beleza. Outubro, a pecaminosa Júlia sai do calendário e quer que eu mate o seu amante. Matar com quê? Ela me empresta uma faca de abrir livro. Aproveito o ensejo para abrir dois romances de Graham Greene. Eu leio, ela espera. *Stamboul Train* e *A Burn-Out Case*. Com a mesma faca abro outros livros, Júlia desespera-se e faz as pazes com o amante. Em novembro, a viúva Amarante, com apenas 22 anos de idade, toda de preto, instala-se em meu apartamento. Eu e ela corremos centros espíritas tentando localizar a alma do marido. Beijo-a na escuridão do Centro Fé e Caridade. É onde a alma do marido afinal se manifesta. Ele insinua e depois insiste que devo me casar com ela. Não gosto que me forcem a coisa alguma. Discuto com o finado, a princípio polidamente e termino com um brusco: "é melhor o senhor calar a boca, eu e sua senhora estamos acima do bem e do mal..." Ela ameaça juntar-se comigo, mas tem a vocação do casamento. E o romance encerra-se em dezembro, com a chegada de Valéria, que me traz presentes, nozes, avelãs, castanhas, amêndoas, um mundo de embrulhinhos que deposita sob a minha árvore, alegre, tocando sininhos e cantando *jingles* com sua voz promocional.

Fevereiro, 4

Amarga realidade. Preguiçoso como ando, tive de fazer mais três textos sobre os tais comprimidos. Mas devo me dar por satisfeito. Um *freelancer* como eu tem a vida mais incerta do mundo. Se a agência de publicidade não tivesse me chamado, passaria fome esta semana. Resolvi concentrar-me no trabalho e o fiz com algum brilho.

O dono da agência cumprimentou-me.

– O senhor anda inspirado, gostei disto: "Em cada cinco crianças que nascem uma é chinesa. Pare antes de ter um filho da raça amarela".

Comentei:

– Direto, bem-humorado e estatístico.

O dono ficou a rir com o texto nas mãos enquanto eu passava pela caixa e apanhava sessenta notas de mil cruzeiros. Mesmo considerando a inflação, Machado de Assis jamais recebeu tanto pelas suas estórias. À saída, encontrei Gianini e lhe paguei generosamente três meias-de-seda. Garantiu que o País vai passar por uma grande transformação e que os últimos serão os primeiros. Promete-me, ainda, um emprego de adido cultural, que aceitei, é óbvio.

À noite, o plano era ler *História de Roma*, porém, ela me chamou. Ela, a noite. As notas de mil cruzeiros fizeram-me cócegas. E comecei a sentir-me importante. Estive no *Jungle* com o Mandril, uma formosa mulata, no *Star*, com o Mon Gigolô e sua nova mina, e no *Balanço*, não sei com quem. Ouvi o chilrear dos passarinhos, na Praça da República, quando laboriosas criaturas iam para o trabalho. Tomei um café e comprei os jornais, com os olhos vermelhos. Bem cedinho, já sabia o que se passava no Brasil e no mundo.

Fevereiro, 7

Organizo-me. Penso em dar um nome a este diário. Vai chamar-se *Noites de Pêndulo*. Ocorreu-me ontem, quando tive outra noite de pêndulo. Horas inteiras a balançar sobre as pernas, tendo a cabeça nas nuvens. Sentir o mundo como um navio. É viajar sem comprar passagem para lugar algum. E a gente balança, balança como um pêndulo de relógio, movido a uísque, finalô ou mesmo cachaça. Qualquer álcool serve. Só não dão resultado o leite, a coca-cola, a laranjada e outras bebidas que causam malefícios à sociedade.

Fevereiro, 10

Levantei-me com o firme propósito de abrir um negócio qualquer e enriquecer. Desejo que não foi longe. Larguei o corpo no bar ao ar livre da São Luís e fui deixando o tempo passar. Em duas horas, desfilaram 17 japoneses e japonesas, 11 mendigos vieram me pedir dinheiro, vi 7 pessoas conhecidas, 8 cavalheiros de muletas, 10 bêbados e 3 mulheres deslumbrantes. Gosto de me sentar e ir anotando essas coisas. Reconheço que nem todos têm tempo para fazê-lo. Mas eu tenho e aproveito. Não é porque moramos numa cidade grande que vamos deixar de conhecer os seus habitantes.

Já anoitecia quando resolvi ir ao teatro, porém entrei num bar e parece que acabei a noite comendo esfihas na companhia dum cantor de boate, que insistia em me chamar de Magalhães. Não me chamo Magalhães, o que de resto não é ofensa alguma.

Fevereiro, 14

Passei horas na banheira cheia, bolando textos para os tais comprimidos. Positivamente sou um gênio para fazer esses textos. Se não cercearem o meu talento, o mundo ficará vazio dentro de uns trinta anos.

Fevereiro, 15

Amanheci com vontade de ter um cachorro. Dei-lhe um nome: Quito. Quito, Quito, Quito. É bom ter um cachorro.

Fevereiro, 17

Encontrei o Gianini, que me abraçou com seus braços grossos e disse que estamos salvos. A reforma agrária vem aí e as refinarias vão ser nossas. O bom Gianini quase chorava de emoção, ele que é a melhor síntese do povo que jamais conheci. Claro que fomos comemorar e apesar de minha ignorância nas coisas da política o fiz com imoderado entusiasmo. Saímos do bar abraçados e o Gianini cantando músicas revolucionárias.

– Não seremos mais um país subdesenvolvido! – exclamou o Gianini. – Não é belo?

– É belo.

– As reformas! – bradou. – A libertação! Veja como o povo está alegre. Você já viu o povo assim, alguma vez? – E abraçando-me de novo: – Ainda este ano você será adido.

É bom encontrar o Gianini pelo menos uma vez por semana. Parece que é o inventor da própria vida e sabe nos comunicar uma crença febril nas coisas mais vagas e distantes. É bom, o Gianini.

Fevereiro, 20

Não sei se por influência do Gianini ou da *Última Hora* que tomei o bonde esta manhã. Queria ver o povo de perto. Fazia tempo que eu não tomava esse estranho e ruidoso veículo. Embora seja engraçado, são tristes as pessoas que nele viajam. Parece que estão condenadas a chegar atrasadas em seu destino. Lá estavam os velhos anúncios da minha infância. Senti saudades não sei de quê. Saudades e depressão, vendo aqueles passageiros de vinte anos passados presos aos seus itinerários, mas pacientes e resignados. Desci do bonde, chateado. Bem faço eu que não quero ir mais para lugar algum.

Fevereiro, 23

Meu amigo Mon Gigolô estava perdidamente apaixonado por uma moça que não deve medir mais que um metro e dez centímetros de altura. E não pense que tenciona explorá-la. Isso vem depois, por imposição de ordem financeira. Ele e elas são sempre vítimas das circunstâncias. E adaptam-se.

Por incrível que pareça, não bebi uma só gota de bebida alcoólica este dia, o que explica meu pesado mal-estar.

Fevereiro, 28

O dinheiro se acaba. Os textos sobre os comprimidos anticoncepcionais dão tal resultado que o laboratório não vê a necessidade de substituí-los. Meu poder de criação ameaça a minha vida. Mas não é para fazer graça. O fato é que estou mesmo sem dinheiro e, se as coisas não melhorarem, terei de vender minha geladeira, um dos poucos bens que possuo.

Março, 5

Continuo sem dinheiro. O que faço?

Março, 8

Consegui fazer um pequeno serviço de revisão para uma editora. Em oito horas de trabalho, ganhei vinte e cinco mil cruzeiros. Já estava até com fome. Comi como um touro, paguei a lavadeira e comprei dois litros de conhaque. Sozinho, em meu apartamento, bebi um litro inteiro e caí vestido sobre a cama.

Março, 10

Um litro só possui vinte e uma doses de conhaque. Acabo de tomar a última, amargurado.

Março, 13

Vendi uma bela edição de Shakespeare. E comi um ótimo bife. Mais ainda: comprei cigarros e tomei duas garrafas de vinho.

Felizmente teve recompensa o amor que os clássicos sempre me inspiraram.

Março, 20

Conheci, numa livraria, uma moça chamada Isabel. Depois, fui para casa e tentei lembrar-me de sua fisionomia. Não consegui, mas ficou o nome, o perfume que ela usava e um sorriso melancólico. Se eu andasse melhor alimentado, me apaixonaria por Isabel.

Março, 25

O bom do Gianini encontra-me na rua e fica com pena de meu estado. Fomos, juntos, tomar uma sopa, que ele pagou. Pediu-me que tivesse paciência, pois o País a seu ver vai passar por reformas como nunca se viu. O homem do povo tomará conta do poder e os maus serão fuzilados. Quanto a mim, já está resolvido. Serei adido cultural e viverei como príncipe.
— Não quero ser príncipe — disse-lhe.
— É uma ordem — replicou. — Você terá de obedecer.

Março, 28

Fiz um folheto, desta vez para implementos agrícolas, que é um desafio para a inteligência dos publicitários. Assunto excessivamente desinteressante. Mas fui pago, logo, e bem. Trinta mil cruzeiros por um folheto! Com o dinheiro no bolso, fui direto a um restaurante e na volta comprei três litros de uísque nacional. Resolvi ficar em casa, lendo e escrevendo qualquer idéia que me surgisse. Não é preciso dizer que os litros duraram pouco. A sorte é que me sobrou dinheiro para mais um de conhaque. Foi uma espécie de retiro, que de fato me fez algum bem à alma.

Abril, 2

Houve uma revolução, acho.

Abril, 5

Parece que tenho de voltar ao regime de sanduíche. As coisas vão mal. Volto a ter medo.

Abril, 8

Beber com o estômago vazio é o diabo. Foi o que fiz nestes dias. Mas a agência pediu-me um folheto sobre a indústria do frio e ganhei o suficiente para pagar o aluguel e comer normalmente. Soube que o presidente foi deposto. Ninguém acredita que tive notícia disso com seis dias de atraso. É que não saí de casa e meu rádio não funciona. Por outro lado, estava muito preocupado com a minha subsistência.

Abril, 10

Vi o Gianini. Parece um trapo de homem. Cabisbaixo, assustado. Abraçou-me:
— E você que ia ser adido!
— Não faz mal, Gianini.
— Temos de começar tudo de novo.
— É verdade.
Mas restavam-lhe esperanças:
— Pensa que vamos nos conformar? Pensa?
Eu tinha certa vergonha de não dividir com Gianini a sua decepção. Há muitos meses que só me concentrava para redigir textos de publicidade. Ignorava o que se passava no País. E já estava resignado a ser um passageiro de terceira classe na viagem da vida. Minha luta era manter o quatro por quatro onde morava, comer pouco e beber muito. Posso estar sendo vítima de injustiças, mas como troco não faço nada por ninguém.
— O jeito é encher a cara — disse a Gianini.
Pela primeira vez em dez anos, Gianini me confessou que não tinha vontade de beber. Fiquei tão impressionado com sua confissão que resolvi atualizar-me em matéria de política.

Abril, 12

Fui visitar um conhecido que não via desde o IV Centenário, Sabem por quê? Porque estava com fome. Ele, a mulher e os filhos perceberam isso assim que a comida foi posta na mesa. Com a barriga cheia e envergonhado, caí fora. Amanhã vou procurar emprego.

Abril, 15

Não fui procurar emprego, mas lembrei-me de outros velhos amigos, os quais visitei na hora do almoço. É preciso ter cara de pau para visitar alguém quando a comida está na mesa. Mas a gente faz isso quando está com fome e há até os que fazem revolução.

Abril, 16

Vendi alguns livros, comi bem e comprei uma garrafa de conhaque. Embalado, fui procurar emprego. Há seis anos que não sei o que é emprego fixo, mas tive que pôr a vaidade de lado para não passar fome. E a comida, digam o que disserem, é quase tão importante como a bebida. Corri uma porção de firmas à procura de emprego. Umas doze. Só duas me deram esperanças. Numa delas, o gerente chegou a considerar o meu caso, mas, não sei por que, perguntou se eu bebia. Apanhado de surpresa, disse que sim, às vezes. Há uma terrível falta de empregos na cidade e soube que todo mundo está recebendo "bilhete azul". Voltei para o apartamento, cansado. Mas, ao abrir a porta, meu coração disparou. Sob a porta um cartão da Novidéia. Sinal de que precisavam de mim. E na garrafa restavam ainda três dedos de conhaque. Sou homem que se contenta com o pouco e três dedos de conhaque realmente é pouco.

Abril, 17

Estou sentado à máquina como um desesperado. Ah, as benditas pílulas anticoncepcionais permitem-me viver! Informaram-me na agência que até certos bispos já se inclinam a aceitar seu uso como necessário. Mais crianças, mais misérias.

— Faça, se quiser, três reportagens sobre o assunto — disse o dono da agência.

— Faço, sim.

— Faça também um folheto. E chute os textos.

E fez mais a boa criatura, o sublime empresário. Mandou-me passar na caixa e retirar cinqüenta mil cruzeiros adiantados. Um bom dinheiro, sem dúvida. Uns doze dias de vida tranqüila, se não cair na besteira de freqüentar restaurantes caros. Na saída, comprei duas camisas e um cinto. E nada de conhaque. Comprei dois litros de uísque nacional.

Voltava para casa quando topei com o Gianini.

Ele:

— Quer entrar para uma sociedade secreta?

Eu:

— Não me envolva em coisas subversivas, Gianini.

Fechei-me no apartamento feliz, muito feliz. Tirei toda roupa, sentei-me à máquina e abri um litro de uísque. Dentro de três horas o serviço estava terminado. E parece que o primeiro litro também.

Abril, 27

Aconteceu-me uma coisa terrível. Fui preso, dia 18. Eu voltava da agência, onde entregara o serviço e recebera o resto do pagamento, quando bateram na porta.

— O senhor vai ter de nos dar licença...

Dois "belezinhas" entraram no meu apartamento. Um deles segurava um revólver no bolso.

— O que desejam?

Olhavam para a minha pobre biblioteca.

— O senhor tem livros subversivos aí?

— Não — respondi sinceramente.

Os dois *gentlemen* puseram-se a mexer nos livros. Eu, calmo. Nem muito assustado estava. Nunca tive livros subversivos e na verdade nem sei bem o que é isso.

De repente, um deles tirou um livreco da estante.

– Ah, não tem?

Li o título: Os *Dez Dias que Abalaram o Mundo,* livro que ganhara há muitos anos. Estava todo amarelado e faltavam páginas.

– É seu este livro?

– É sim, mas não me lembro de tê-lo lido. Prefiro literatura obscena, como todo mundo, aliás.

– Tem outros livros subversivos?

– Creio que não, amigo.

O "tira" aproximou-se de mim com ares inteligentes:

– O que o senhor pensa da revolução?

– Não penso nada; estava no porre e não segui os acontecimentos. Mas estou com a lei, com a democracia e a liberdade.

Duas horas mais tarde, eu estava detido, com mais seis cavalheiros, que também não sabiam explicar por que tinham sido presos. Só eu na verdade sabia, o que me fazia sentir, entre todos, o mais culpado. Mas não pensem que encarava a situação com bom humor. Estava inquieto, abatido, a ponto de preocupar um dos detentos, que tentou me tranqüilizar afirmando que eu seria interrogado e solto em seguida. Bom homem, péssimo profeta. Só fui chamado pelo delegado nove dias depois.

– Por que o senhor foi preso? – indagou o delegado, impaciente.

– Confesso que não sei.

Ele ergueu os braços, ofendido:

– Como o senhor não sabe?

– Não sei.

– Então, o que faz aqui?

Ele tinha razão, estava-lhe tomando o precioso tempo.

– Não sei explicar.

Uma pergunta de rotina:

– Que ligações tinha com o presidente deposto?

Quase que eu ria.

– Só conheci o ex-presidente por fotografias.

Outra pergunta de rotina:

– Pertence a algum sindicato?

– Sou contra a sindicalização, contra a aposentadoria e as férias. Nunca precisei disso para viver.

Supus ter acalmado o delegado, mas me enganei.

– Nesse caso, o que faz aqui? Pensa que não tenho o que fazer? Por favor, retire-se daqui. – E advertiu: – Não venha me chatear mais. Entendido?

Um guarda-civil me acompanhou até a porta. Respirei o ar democrático da rua e me senti profundamente feliz.

Abril, 30

A cidade anda quase deserta e os bares vazios. Há uma onda terrível de uísque falsificado. Dizem que também o leite anda ruim, o que não me preocupa. Os nove dias no cárcere me deprimiram e me deram uma sede imensa. Felizmente, tinha dinheiro para comprar uma garrafa de conhaque. Esvaziei-a em duas horas e me atirei sobre a cama. Tive um pesadelo medonho. Sonhei que me haviam levado para uma fortaleza. O guarda da cela bebia uísque e não me oferecia. A própria fortaleza tinha a forma de uma enorme garrafa. Acordei sobressaltado.

Maio, 2

Encontrei, por acaso, Isabel. Estava servindo café num bar do centro. Ela fica bonita de uniforme. Assim que me viu, cumprimentou-me sorrindo. Conversamos sobre coisas banais. Uma hora depois, eu voltava para tomar outro café. Combinamos almoçar juntos no sábado. Ainda bem que o sábado está longe e terei tempo para arranjar dinheiro. Quando voltava para o apartamento me ocorreu: "ela deve ter no máximo vinte anos, o que talvez seja infernal".

Maio, 5

Como posso pensar em Isabel se estou com fome? Esta é a fase mais dura de minha vida. Depois de quarenta e oito horas sem comer, resolvi dormir para ver se a fome passava. Mas fiz uma descoberta que me deixou apavorado: a fome não tem sono. Ela é como a dor de dente; senta-se aos pés da cama e fica. Se saio, me acompanha, com seus olhos inquiridores. Tomamos o mesmo elevador. E se me estiro na cama, passa sua mão gelada sobre meu estômago para manter-me acordado. A fome não tem sono. Não é apenas uma frase, é uma verdade que preferia ignorar.

Maio 7

Voltei a procurar emprego, mas meu aspecto não ajuda. Faz três anos que comprei a última roupa feita. E sou orgulhoso: não trabalho por pouco dinheiro. Pelo menos até que o moral continue de pé. Ontem foi Mon Gigolô que me pagou o jantar. Hoje não sei quem vai ser.

Maio, 10

Acho que o Gianini está louco. Encontrei-o. Só me falou de guerrilhas e vinganças. Depois, contei que estive preso durante nove dias.
Gianini me abraçou:
— Você é um idealista, um grande homem!
— Nem sei por que estive preso.
— Modesto, é o que você é. Esteve preso por amor ao povo, a esse povo que sofre, que chora, que luta.
— Você se engana, Gianini.
— Não diga nada. Eu sabia que você tem um grande coração. Ingresse na minha sociedade secreta. É o homem de que precisamos. Ah, então esteve preso?
Com todos os detalhes e algum exagero contei a Gianini os meus dias de presídio. Meu amigo ouvia, embevecido. No fim, beijou-me o rosto, inconveniente como sempre, e convidou-me para beber, mas é claro que não tinha um cruzeiro no bolso. Na despedida, abraçou-me, ainda comovido:
— Você ainda será alguém neste País.
— Acha?
— Acho.

Maio, 15

O fabuloso signo de Aquário, que é ar, que é Urano, que é progresso veio ao meu auxílio. Nunca me desespero porque confio nele e sei que ele me salva nos momentos difíceis. Informaram-me que uma editora precisava de tradutor de inglês. De fato, incumbiram-me da tradução de um livro policial e até me adiantaram dinheiro. Fui para o apartamento e trabalhei quatorze horas sem parar. Nesse ritmo, traduzo o livro em dez dias e vivo um mês decentemente. Tão satisfeito fiquei, que fui procurar Isabel e marquei um jantar para o dia seguinte.

Maio, 17

Acho que o dia de ontem foi o mais feliz do ano para mim. Comendo e liquidando um litro de vinho, pude avaliar quanto Isabel é linda. Realmente conta só vinte anos. Não tem pai, a mãe é doente e vive ainda com um tio bêbado. Quis saber detalhes da vida desse tio e concluí logo que se trata de uma criatura extremamente simpática. Não é um ébrio furioso; bebe, depois canta velhas cançonetas italianas e se torna muito cordial. Não trabalha, o que a meu ver não chega a ser crime. Quando está muito disposto, vende automóveis para uma firma de marreteiros. É uma pessoa que vale a pena a gente conhecer.

Maio, 19

Fui com Isabel ao cinema da tarde, era seu dia de folga. Ficamos abraçados o tempo todo, e ela confessou-me que é virgem e assim irá até o casamento.

Maio, 21

Fui até o café onde Isabel trabalha e levei um litro de conhaque para dar de presente ao tio.
– Não, direi que é presente seu – disse-me ela.

Gostei de ouvir isso; Isabel ia falar à sua família sobre minha existência. E eu, sei lá por que, gostaria de conhecer sua mãe e o tio bêbado, este, principalmente.

Junho, 10

Aconteceu outra desgraça. Exatamente no dia em que terminei a tradução do livro, ia sair de casa quando alguém bateu na porta. Era um homem de cara amarrada, óculos pretos e mão no bolso da capa.

– O senhor está só?
– Estou.
– Vamos dar um pulo à delegacia.
– Mas o que houve?
– O delegado quer-lhe fazer algumas perguntas.

Fui levado à mesma cela onde já estivera. Um dos detentos, conhecido arquiteto, exclamou:

– O senhor aqui novamente!
– Vim só para umas perguntinhas.

Eu e o arquiteto começamos a conversar. Seis dias depois, a conversa foi interrompida por um guarda que me chamou, assim: "Você aí, comuna!"

O delegado não era o mesmo da vez anterior. Homem muito gordo, afundado em sua cadeira, com cara de criança. Não prestava atenção nele; lembrava-me da tradução, que ainda não fora totalmente paga, e de Isabel, que devia andar sentindo a minha falta. E tinha vontade de beber.

– Como vai a sua bibliotecazinha?
– Doutor, não tenho livros subversivos.
– Vai me dizer que é da UDN?

Realmente não era, embora tenha na mais alta conta todos os partidos políticos. Fui sócio do velho Espéria na minha juventude, mas já devo ter perdido a carteira. Parece que era chegada a hora de pagar pelo crime de ter sido sempre um homem desligado de tudo.

– Não pertenço a nenhum partido.

— O que você acha da Rússia?

— Olhe, gosto de Górki, mas acho Dostoiévski um chato. Uma espécie de pai do tango argentino. Quanto aos bailados, o senhor também deve gostar. São excelentes.

— Você já esteve em Cuba?

— O que irei eu fazer em Cuba? Prefiro Paris com seu *cinéma cochon,* Charles Trenet e aquele mundo de mulheres.

O delegado olhava-me curiosamente:

— Então por que você anda com essa roupa amarrotada de comunista? Sua cara é de subversivo.

— Minha cara é de intelectual subdesenvolvido – expliquei. – Meus personagens ficam exaustos logo no primeiro capítulo. Ficam calados nos cantos das páginas. Não têm ânimo para viver as estórias...

A conversa foi assim ou deve ter sido assim. Afinal, o delegado mostrou o livro, *Os Dez Dias que Abalaram o Mundo.*

— Você é dono deste livro e já esteve preso por isso?

Nesse ponto o gênio dos aquarianos manifestou-se:

— Mas que mal há nisso? Veja o autor, John Reed. É americano.

Fui posto em liberdade e ainda me devolveram o livro. O delegado explicou que eu fora preso devido à ignorância de certos policiais. Pediu-me desculpas. Bateu-me nas costas. E aconselhou-me que tivesse cuidado com os livros. O mais sensato era não ler nenhum.

Junho, 13

Entreguei o livro traduzido à editora e recebi o resto do dinheiro; seria a minha salvação, se não devesse dois meses de aluguel. E comprei um terno feito para me apresentar melhor diante de Isabel.

— Onde esteve esse tempo todo?

— Estive preso – respondi.

— Você roubou alguma coisa? – ela espantou-se.

— Eu estava brincando; tive de fazer uma viagem. Os aquarianos viajam muito, Isabel.

Junho, 18

A editora não vai me dar outro livro para traduzir nos próximos meses. O que devo fazer é arranjar emprego fixo, por amor à Isabel e aos seus vinte anos. Mas é incrível que um homem dotado das minhas qualidades e com apenas duas passagens pela polícia não consiga emprego na cidade que mais cresce no mundo.

Fui procurar Mon Gigolô, esperando que me ajudasse. Ele estava uma fera. Pela primeira vez na vida via-se abandonado pelas mulheres de dinheiro.

– Não se pode mais trabalhar nesta terra – disse-me, com o coração pesado. – As mulheres voltam-me as costas. Há uma terrível crise de confiança. Ninguém confia em ninguém. O amor não existe mais. Não há mais amizade e amor ao próximo. É dura a vida.

Apesar dessa melancólica recepção, pagou-me dois sanduíches de misto quente e tomamos uma cerveja. O álcool me fez bem, como sempre, animou-me, e resolvi dar um pulo à agência de publicidade.

Junho, 20

Tive sorte desta vez. O gerente da Novidéia convidou-me para o almoço. Para ser franco, ia almoçar e fui junto. Comi bem e tomamos duas garrafas de vinho. Inspirado, pus-me a improvisar textos que impressionaram o homem.

– Você está nos bons dias. Faça nova campanha.
– Pagamento adiantado?
– A metade.

Com o dinheiro comprei uma coisa que há anos não comprava: uma camisa. Comprei também três litros de conhaque. Resolvi tomá-lo com água, finalô, para não acabar logo com as garrafas. Se tomasse sete doses por dia, cada litro duraria três dias. Fui forte em aritmética nos tempos de escola e a verdade é que o saber não ocupa lugar.

Junho, 25

Apesar dos meus cálculos, não calculei minha sede. Os litros duraram apenas cinco dias. Pensando bem, o melhor é estar preso. Cheguei a rezar para que me prendessem de novo. Mas logo lembrei de Isabel. Umas três vezes ao dia eu ia ao Café. À noite, ia buscá-la e a levava para casa. Ficava à sua porta, conversando. Parecia uma volta ao mais remoto passado.

Junho, 26

Deitado em minha cama, com os dedos cruzados sob a cabeça, penso que o amor é coisa inteiramente fora de moda. Não entendo como certos escritores conseguem escrever trezentas páginas a respeito dum tema tão gasto. Já não cabe nos livros. Mas ainda resiste como assunto estritamente pessoal. O fato é que Isabel, com seu uniforme de servir café, sua curiosidade e seu tio embriagado dominaram minha sensibilidade. Claro que não trato de aburguesar-me; sou impermeável ao lirismo copa e cozinha. O cinema americano fez-me sentir nojo da vida normal de marido e mulher. Mas Isabel dia a dia fica mais próxima e outro dia deixei de comprar um litro de uísque para lhe comprar uma *minudière*. Mau sintoma esse, já que se comprova na alteração dum hábito que é vital para mim. Ponto final. Batem na porta e preciso ver quem é.

Junho, 27

Era uma deliciosa surpresa. Imaginem! Isabel! Ela mesma, num vestido azul, e com seu próprio cheiro. Uma vez eu a convidara a entrar no meu apartamento. Ofendeu-se, lembro. Agora vem me ver de livre e espontânea vontade. Pena que não conheçam meu apartamento; é pequeno e tem uma coluna bem no centro da sala, na qual sempre esbarro quando bebo; não tem beleza, mas tem sol, o que só descobri quando vi o rosto de Isabel iluminado. Sejamos francos; sou quase vinte anos mais velho do que ela, o que se não convém à moça é excitante para mim. *Lolita* é o meu livro de cabeceira, e Nabokov um ser admirável, que eu respeito e gostaria de ter como companheiro de caçadas, à saída dos colégios, ambos embriagados e graves. Isabel vai fazer vinte anos e felizmente parece ter menos e eu adoraria parecer com o pai dela para ter o auxílio eficiente da psicanálise.

– Então é aqui que você mora! – admirou-se, absurdamente.
Olhei ao redor, como se a mim mesmo o fato deslumbrasse.
– Gosta do apartamento?
– Gosto, mas vim só para ver.
– Espere – implorei.

Pus-me a falar muito para entretê-la, liguei o rádio, servi-lhe água gelada e fiquei segurando suas mãos entre as minhas. Ao fazer a segunda tentativa para retirar-se, perguntei do tio.

– E seu tio? Como ele se chama mesmo?
– Arquimedes.
– Como ele tem passado?
– Mandou agradecer o presente. Ontem tomou um pifão.

É o diabo não saber descrever figuras humanas; sou redator de publicidade, não escritor. Sobre Isabel poderia fazer um anúncio, não um poema. Pensei nela em termos de anúncio: "Jovem, saudável e dinâmica". Pontos de venda: "seios na medida dos figurinos franceses, boca redesenhada e original, braços funcionais e roliços, pernas de grande desempenho e estabilidade, cores de cabelos modernas e atraentes, olhos claros com faróis de neblina, maçãs do rosto oriundas da Califórnia, mãos versáteis e delicadas, voz nos mais diversos timbres e afinações, respiração ondulante e sensual e andar nos mais autênticos ritmos da quente música brasileira".

– Gostaria de conhecer seu tio. Deve ser boa praça.
Subitamente, Isabel viu algo nos meus olhos e teve medo.
Levantou-se a caminho da porta.
– Está me faltando o ar, vamos sair.

Minutos depois, na rua São Luís, no bar ao ar livre, tomávamos laranjada com enormes cubos de gelo. Falamos sobre horóscopos; ela é do signo de Peixes; lembrei-me duma música que diz "por coincidência eu sou de Aquário". Como eu, ela acredita em olho gordo, mas não tem nada contra o número treze.

Enquanto eu tomava laranjada, vi um indivíduo de óculos escuros parar ao lado; interessante, sempre aparece onde estou. Não pode haver engano: estou sendo seguido. A polícia me soltou para ver onde e com quem converso. No momento, eu conversava com Isabel, e com uma alegria que há anos eu não tinha. Não me preocupei com o homem de óculos escuros.

– Vamos tomar outra laranjada – sugeri.

Julho, 4

Encontro o Gianini na rua. Digo-lhe:
– Não pare, por favor, estou sendo seguido.
– Quem lhe segue, filho?
– A polícia.
– Invejo você, francamente, invejo você.

Julho, 6

Estou fazendo um cartaz sobre as pílulas anticoncepcionais, A tarefa é um desafio. Quebrei tanto a cabeça, que na noite passada, tive um pesadelo. Sonhei que desci do meu apartamento e o prédio estava vazio. Na rua também não havia ninguém. Nem mesmo nos bares e lojas. A cidade estava deserta. Comecei a andar depressa e depois a correr pelas ruas: ninguém. Fiquei desesperado e parei. Diante de mim, na parede, estava o meu cartaz impresso. Em todas as paredes e postes, o cartaz. Entrei num ônibus parado. Nem o motorista estava ali e todos os anúncios eram das pílulas anticoncepcionais. Fui caminhando para o Café onde Isabel trabalhava, através das ruas e praças desertas. A Praça da República era triste sem ninguém. Cheguei ao Café e estava vazio como tudo. Dirigi-me para a biblioteca, lugar que freqüentei durante anos. A porta estava aberta e os salões vazios. Vi coleções de jornais sobre uma mesa e em todos eles estavam os meus anúncios, ocupando páginas inteiras. Apanhei um livro de História do Brasil e meus olhos bateram numa frase que dizia: "Foi no ano de 1964 que surgiu o maldito publicitário que vendia pílulas e dentro das pílulas uma destruidora filosofia. A população do País começou a diminuir e já nos anos seguintes não nascia mais ninguém. Foi o começo do fim". Fechei o livro, aterrorizado, e saí pela rua aos gritos. Acordei, suado, com vontade de ver Isabel, mas precisei trabalhar no cartaz. Com o dinheiro que ganhar, quero levar Isabel ao teatro e depois a uma ceia.

Julho, 9

Tenho a impressão de que a minha vida se normaliza. Faz uns dez dias que não tomo porre e descobri o refresco de maracujá. Arranjei mais textos e traduções e talvez até possa arranjar emprego fixo. Acho que isso depende de Isabel. Mais um pouco de entusiasmo e entro para a APP para cultivar amizades no meio publicitário.

Julho, 12

Dei de cara com o tal homem de óculos escuros. Ganha para seguir-me; vive disso; que tarefa monótona é a sua; o que espera encontrar de interessante ou suspeito em minha vida? Outro dia, resolvi sair de casa só para pôr fim à sua espera. Fui andando pelas ruas e ele atrás. Em certo trecho da rua, disparei e pelo reflexo duma vitrina percebi que corria também. Parei bruscamente numa banca de jornal e comprei um exemplar da *A Gazeta Esportiva*. Disse ao jornaleiro bem alto para que o "tira" ouvisse:
— Estava com receio de perder o jornal. Vale a pena dar uma corrida para conhecer a escalação do Santos.

Julho, 18

Isabel bateu, desesperada, na porta do meu apartamento.
— O que houve? — espantei-me.
— Tio Arquimedes... — ela balbuciou, pálida.
— O que aconteceu com ele?

— Foi atropelado, está nas Clínicas.

Apanhamos um táxi e fomos para as Clínicas. Numa imensa enfermaria, lá estava enfaixado e desacordado. Isabel segurou-lhe as mãos e disse que estavam frias. O aspecto do homem de fato impressionava.

Um médico me disse:

— Seu parente está mal. De que tipo é o seu sangue? Cinco minutos depois, eu estava deitado numa cama ao lado de tio Arquimedes, dando-lhe o meu sangue. Olhava para o teto a pensar nas surpresas que a vida nos arranja. Isabel me fitava orgulhosamente: parecia-lhe que eu fazia qualquer coisa heróica. Mas, creiam-me, sentia enorme prazer em doar meu sangue àquele velho bêbado e sonado. Num mundo de homens sérios, trabalhadores e maus, a gente deve oferecer a última gota do sangue para salvar os inúteis e boêmios.

Isabel beijou-me o rosto, agradecida.

— Você é tão bom...

Saí completamente tonto do hospital e fui para meu apartamento. Terminei uns textos, li Nabokov em voz alta e adormeci pensando em Isabel como um cretino.

Julho, 20

Fui visitar tio Arquimedes nas Clínicas. Ele me olhava e sorria; não disse uma palavra. Mas tive a impressão de que nasceu uma grande amizade. Assim que ele melhorar, vou lhe comprar vinho e conhaque. Para quem bebe, só a bebida é presente importante.

Julho, 25

Passei pela Novidéia e o dono disse que eu posso ser o publicitário do ano, se continuar a fazer textos tão bons. Contei-lhe o meu pesadelo e ele ficou sombrio por uns instantes.

— Tenho seis filhos — confessou. — Mas evidentemente não terei mais; seria lançar o descrédito sobre as pílulas. Você é casado? — indagou.

— Nunca pensei em casar. Penso vagamente numa viagem à Índia e se casasse a viagem seria impossível.

— Não vá à Índia logo — pediu. — Você vai ganhar muito dinheiro com as pílulas.

— Fique tranqüilo — apazigüei-o. — Espero viajar só daqui a vinte anos.

Aproveitando a maré de sorte e crente num horóscopo que li num jornal, dei um pulo à editora. Perguntaram-me se quero me tornar tradutor efetivo.

— Depende — respondi. — Só aceito o compromisso se os livros defenderem o ideal capitalista.

Foi um dia de sucesso, sem dúvida. E para completá-lo fui queimar uma nota de cinco mil num boteco, onde fiquei seis horas a ouvir um pianista mulato tocar bossa-nova.

Julho, 28

O tal "tira" não tem me seguido mais e acredito que não serei preso outra vez. Foi tudo um mal-entendido e não guardo rancores. A agência me deu cem mil cruzeiros; pude pagar o apartamento e comprar uma blusa esporte, que não se coaduna muito com a minha idade, mas vai agradar Isabel. Comprei também um litro de uísque nacional. O Brasil vem fazendo bom uísque ultimamente, o que me enche de orgulho e crença em nossos altos destinos.

Julho, 30

Eu e Isabel estamos carne e unha. Ela não trabalha mais no Café; a conselho meu arranjou outro emprego; agora é caixeira duma casa de modas.

Agosto, 2

Entrei na casa de modas onde Isabel trabalha. Ela me atendeu. Disse-lhe que precisava comprar um vestido para uma moça que tinha o seu corpo. Ela escolheu um vestido, intrigada. Mais do que isso: enciumada. No entanto, colaborou com o seu bom gosto. À saída, disse-lhe:

— O vestido é seu.

Ela ficou trêmula.

— Você está brincando.

Não estava; e é assim que muitas vezes um tolo gasta quarenta mil cruzeiros.

Agosto, 5

Recebo visitas em meu apartamento. Isabel e tio Arquimedes. Fiquei emocionado ao vê-lo; em suas veias corria o meu sangue, sangue nobre, pois descende dos doges de Veneza. É mais alto do que me pareceu quando o vi deitado. Pálido, ainda. Apertou-me a mão com sua mão delicada de vagabundo. Tem olhos e cara de poeta e o mais amigo dos sorrisos.

— Vim agradecer o que lhe devo — disse-me, desajeitado. — Eu sempre dou muito trabalho para os outros.

Isabel abraçava-o e sorria.

— Tenho sangue demais, posso dar sangue à vontade. Que tal se tomássemos um trago?

Servi-lhe uísque. Tinha queijo, cortei fatias. Isabel, correu a pôr gelo nos copos, já íntima da casa. Perguntou-me o que eu fazia e respondi, mas Arquimedes não entendeu.

— A sobrinha fala muito no senhor.

— Bem ou mal?

— Só pode falar bem, é claro.

Tomamos meio litro de uísque; tio Arquimedes saiu do meu apartamento ligeiramente alto. Isabel achava graça.

Agosto, 8

Chego em casa e encontro sob a porta um bilhete de Isabel. Que azar; fora visitar-me e não me encontrara. O bilhete indagava se eu gostara de tio Arquimedes e pedia desculpas por ter ele acabado com minha meia garrafa de uísque.

Claro que corri para a loja, mas ela já tinha saído.

Agosto, 10

Eu e Isabel fomos ao cinema. Comprei dois mil cruzeiros de chocolate para ela. Gostamos do filme e o assistimos pela segunda vez. À saída, fomos tomar chá. É verdade. Tomei chá, com toda cautela, e por incrível que pareça não me fez mal. Levei-a para casa num autolotação. Beijei-lhe a mão na despedida.

Agosto, 14

Isabel quer saber tudo a meu respeito. Principalmente:
– Onde esteve aquela ocasião em que desapareceu?
– Estive preso.
– Brigou com alguém?
– Não sei por que fui preso.
– Diga a verdade.
– Fui preso como comunista.

Ela não acreditou. Nem insisti para que acreditasse. Não são os assuntos que interessam. O que interessa é Isabel, figura recortada de revista, espontânea o dia inteiro, muito sincera e muito bonita, novidade que não cansa.

Agosto, 17

Pela primeira vez, foi diante duma laranjada, que me fiz mais velho do que Isabel. Dei-lhe um conselho grave e hipócrita, segurando suas mãos entre as minhas.
– Isabel, cuidado com a vida...
– Cuidado com quem?
– Você deve namorar um rapaz sério e casar-se. Faça o que eu digo.
– Os velhos precisam de mim.

— E daí? Você tem a sua vida.
— Não vou fazer o que você manda.
Interiormente louvei a rebeldia.

Agosto, 20

Isabel, tio Arquimedes e eu fomos jantar juntos. Começamos a pedida com um litro de vinho. Depois veio frango e polenta. O velho parecia estar num dia de festa. Fez-me uma declaração de amor.
— O senhor é um grande amigo.
— O senhor é formidável — repliquei.
— Vocês são fabulosos — disse Isabel.
Entusiasmado, mandei vir outro litro de vinho. Como a cantina estava quase vazia, pedi a Arquimedes que cantasse uma cançoneta, no que fui atendido. Apareceu um casal, que apreciou a voz de tio Arquimedes. Cantou mais uma cançoneta. E saímos os três, de braços dados, da cantina.
— Foi a melhor noite que eu tive — disse o bom homem.
— Eu também — respondi. — Mas haverá outras. Vamos correr as cantinas de São Paulo e beber todos os tipos e marcas de vinho.
Ele me abraçou na despedida.

Agosto, 25

Encontrei Mon Gigolô e meu primeiro impulso foi o de evitá-lo. Mas ele me deteve, profundamente abatido. Disse estar pensando em mudar-se para a Bahia. Não suporta mais São Paulo, com suas noites vazias e sua população cabisbaixa.
— Eu talvez me livre disso — falei. — Quero dizer, livrar-me desse enfado todo. Vou casar-me.
Ele não me condenou; pelo contrário, felicitou-me.
— Quanto a mim — disse — estou tentando arranjar emprego nos Correios.
Meu pobre e bom amigo Mon Gigolô. Preferia vê-lo morto, com o peito ultrapassado pelo punhal de um amante ciumento,

a vê-lo atrás dum guichê, vendendo selos. Sua regeneração seria a morte moral de todos os seus amigos, o ponto final nas emoções duma geração ainda romantizada.

Quando ele se afastou, olhei para trás e vendo-o pelas costas achei-o envelhecido. Uma hora depois, vendo-me no espelho, tive impressão contrária. Eu rejuvenescia, e por maior amizade que tivesse por Mon Gigolô, dei graças a Deus por não estar em seu lugar.

Agosto, 30

Tive uma conversa séria com o dono da editora, eu de camisa de *nylon*. Falamos sobre negócios e me deixei convencer a traduzir seus livros. Teria uma retirada fixa, que somada com o que recebo na agência dá um belo dinheiro todos os meses. Na saída, entrei no Fasano para tomar um martíni seco, rodeado por homens de negócio. Pensei em comprar móveis novos e em mudar-me para um apartamento maior. Gostaria também de ter um cachorro desses que saltam na cama da gente e puxam as cobertas para o chão.

Setembro, 5

Puxa, como está custando caro máquinas de lavar roupa! Eu não permitiria que Isabel lavasse roupa. Faço sacrifícios, mas compro uma.

Setembro, 9

Fomos ao teatro, Isabel, Arquimedes e eu. Ela gostou da peça, ele não entendeu nada. À saída, fomos comer pizza e tomar vinho. Estamos muito amigos, os três.

Setembro, 12

Isabel me confessou que, desde que me conheceu, sua vida

mudou muito e para melhor. Vivia desiludida, mas já recuperou a fé. Disse que não suportaria qualquer separação e perguntou-me se pretendo viajar.

— Vou para a Índia, mas não já.
— O que vai fazer na Índia?
— Mandar cartões-postais aos amigos. Só isso.

Ela quase me implorou para não ir à Índia por enquanto.
— Preciso muito de você.
— Ninguém precisa de mim.
— Só eu sei quanto preciso.

Setembro, 15

Encontro o Gianini. Anda mais disposto agora. Revelou-me que pertence a uma sociedade secreta e que o governo não agüentará. O povo sairá à rua para depô-lo. E ele, Gianini, estará à frente do povo usando uma gravata vermelha.

— Cautela, Gianini.
— Minha vida já não me pertence.
— Muito cuidado.
— O povo precisa de líderes e eu sou um deles.

Deixei o Gianini; a verdade é que não penso um só minuto no povo. Não me interesso por sua sorte. A vida para mim tem melhorado e até já posso ter uísque todos os dias. Não me embriago com a mesma freqüência, porém consigo manter certa dosagem alcoólica no sangue durante o dia inteiro.

Setembro, 20

O vizinho do lado me viu com Isabel na rua e olhou-me cheio de inveja. Tenho medo de que me ponham olho gordo. Cheio de filhos e de ocupações, deve invejar a vida que levo. Vou comprar uma figa preta, pois com a sorte não se brinca.

Setembro, 24

Isabel, doente. Fazia três dias que não a via e fui à loja.

Informaram-me: estava doente. Corri à sua casa, onde ia pela primeira vez. Tio Arquimedes recebeu-me com um forte abraço. A mãe de Isabel, no entanto, não me olhou com muita simpatia. Deve ser desconfiada. Mas não me preocupei com isso.

Ela estava na cama.

— Não é nada, apenas uma gripe forte.
— Você está abatida, cuide da saúde.
— Tive 40 graus de febre.

À saída, observei novamente a mãe de Isabel. De fato não me vê bem a mulher. Olha-me com o canto dos olhos. Evita dirigir-me a palavra. E não gostou de ver Arquimedes abraçar-me. Foi um alívio sair daquela casa.

Setembro, 27

Gostaria de rever Isabel, mas não quero topar com sua mãe. Na loja me informam que continua doente.

Setembro, 30

Afinal, Isabel vai trabalhar. Esperei-a na saída da loja. Vamos tomar um chá quente na galeria.

— Tive a impressão... — comecei.
— Impressão de quê?
— Sua mãe... não gosta de mim.

Isabel ficou séria. Confessou.

— Ela é muito maliciosa... não sei o que anda pensando...

Outubro, 4

A mãe de Isabel não pode influir em nada. Fomos a uma boate; era a primeira vez que ela entrava numa. Ficamos até às duas horas. Foi uma noite que não esquecerei mais. Beijei-lhe o rosto várias vezes e prometi-lhe que não viajaria para a Índia.

— Juro.

No automóvel, na volta, beijei-lhe os cabelos. Talvez eu estivesse sendo lírico demais, porém por que me apressar? Não queria assustá-la, entrar de Lobo Mau. Tudo estava acontecendo tão naturalmente!

Outubro, 10

Sentei-me no bar ao ar livre da rua São Luís e fiquei a contar o número de mulheres bonitas que passavam. Não é útil, reconheço, mas ajuda a passar o tempo e distrai. Tomei cinco uísques, sem nenhum drama em minha solidão. Só uma preocupação tive: lembrei-me que vou completar quarenta anos. Será que Isabel sabe ou calcula isso?

Outubro, 13

Entrego um livro já traduzido e recebo uma quantia razoável. Acho que vou abrir conta numa casa de roupas feitas. E andei sondando o preço de uma caixa de uísque.

Outubro, 15

Encontro tio Arquimedes na rua. Imediatamente convido-o para beber. Bebendo, talvez ele solte a língua. Poderá dizer-me o que a mãe de Isabel pensa de mim. Vamos a um bar e tomamos quatro doses de conhaque.
– Tio Arquimedes...
Ele se comove quando o chamo de tio.
– Meu caro sobrinho...
Mas a conversa fica nisso. Diabo! Dei-lhe o meu sangue e agora não me ajuda. Uma palavra sua poderia facilitar tudo. Compro uma garrafa de conhaque e meto-lhe debaixo do braço. Subversivo e também corrupto. O suborno sempre foi uma arma forte.

Outubro, 20

Enganei-me a respeito da mãe de Isabel, graças a Deus.

– Um dia desses você vai em casa.
– Quer que eu vá?
– Vamos lhe oferecer um grande almoço.
– Sua mãe não se importa?
– Por quê?

Problema posto de lado. Aposto que o conhaque que dei ao velho influiu. Ele deve ter dito uma boa palavrinha a meu respeito. A mãe mudou de idéia e planejaram o jantar.

Outubro 23

Vou a uma cartomante. Tive uma namorada, Anita, que me levava a todas as cartomantes da cidade. A namorada foi, mas ficou o hábito. Raro é o ano em que não vou a uma cartomante. É engraçado; vejo-me numa sala de espera, só mulheres. Todas me olham com curiosidade. Conversam entre si, mas me mantêm sob olhares.

Perco a vergonha e pergunto:
– É boa essa cartomante?
– Ela é ótima. Pra mim, sempre acertou tudo.

É uma senhora gorducha que me informa. A seu lado, uma ruiva, muito ruiva, acrescenta:
– D. Guida disse que minha mãe ia morrer e ela morreu mesmo.

As outras mulheres vêm com novas informações. Bastou dizer uma frase para criar intimidade.
– É a primeira vez que o senhor vem...
– Aqui, sim, mas costumo freqüentar cartomantes.
– O senhor é espírita?
– Dizem que sou médium, mas não desenvolvi. Sou um médium subdesenvolvido.

Uma mulatona gorda quer saber:
– O senhor é casado?
– Fui casado sete vezes.
– Sete! Santo Deus!

Fui explicando:

— Quatro eram japonesas. Eu as conheci na Festa do Caqui.

A ruiva formula nova pergunta:

— O senhor tem filhos?

— Cinco de cada uma.

O sobrinho da cartomante, um jovem afeminado, entra para perguntar de quem é vez.

— Se o senhor tem pressa — sugere a mulata gorda.

Não perco tempo, entro. Num compartimento pequeno vou encontrar D. Guida, com seus baralhos. É uma mulherona simpática. Não sei por que a polícia a persegue. Logo na primeira cortada adivinha que estive preso. E descobre que estou apaixonado por uma jovem muito mais moça do que eu.

— Vamos ao assunto. Sai casamento?

A cartomante espalha as cartas. Capricha. E responde:

— Ora, o senhor não é disso.

Outubro, 27

No Rio, onde morei um ano, costumava entregar displicentemente minha mão às ciganas da Cinelândia. Para um homem que não ama o presente, o futuro é de grande sedução. O mistério do destino, a meu ver, é de inteiro conhecimento das pessoas puras e boas como são as cartomantes. Depois, há a prática, a intimidade com todos os vaivéns. Em nossa própria cara o destino está espalhado. A gente só a vê quando a barba cresce. Mas elas têm olhos que vêem precisamente o que somos e o que pode acontecer a pessoas do nosso feitio. Julgamo-nos excepcionais, mas as *buenas-dichas* sabem que somos todos a mesma coisa.

"Eu não sou disso", fiquei a pensar como a cartomante. Gostaria de saber se Isabel também pensa assim.

Novembro, 5

Isabel fala-me outra vez no almoço. Está sendo planejado com todo o carinho.

— Vamos lhe fazer uma surpresa — disse.

— Que surpresa?
— Não posso dizer ainda.

Notei que Isabel anda mais bonita e elegante. Está se vestindo melhor, mais vaidosa. Uma transformação vai se operando. Não sei se mais velha ou mais sofisticada.

Novembro, 10

Não entendo por que fui assistir a um jogo de futebol na várzea. Acho que o amor por Isabel me empurra na direção dos sentimentos coletivos. Talvez é o desejo de exibir minha cara tranqüila.

Novembro, 12

Tio Arquimedes passou pelo apartamento. Por sorte, eu tinha duas garrafas de vinho. O homem está bebendo bem, prova de que recuperou a saúde. Realmente é um bom sujeito. Deu-me notícias de Isabel: anda mais satisfeita do nunca.
— É o amor — disse-lhe eu.
— Acho que sim — confirmou.
Vejo que já não há mais segredo. Assim é bom.

Novembro, 14

Isabel passou pelo meu apartamento. Só para marcar o almoço. Ficou um instante apenas, muito apressada. Segurei-lhe as mãos com firmeza, mas ela escapou, sorrindo. Ficou um perfume no ar. Um novo perfume, talvez revelando uma nova Isabel.

Novembro, 18

Contarei sem muito comentário o que aconteceu naquele dia. Cheguei cedo à casa modesta de Isabel e levei flores. Gastei todo o meu dinheiro em flores. Tio Arquimedes surgiu na porta para receber-me. A mãe de Isabel, logo atrás, estava com melhor cara.

Fomos para uma área descoberta da casa, onde o almoço seria servido. A mesa já estava posta. Vi garrafas de vinho e cerveja e logo declarei minha sede. Engraçado: o velho e a mãe de Isabel estavam de roupa nova. Aquilo, notei, era uma festa.

— Você já chegou?

Era Isabel, vestida de branco. Corri a abraçá-la, intimamente. "Devia ter comprado alianças", pensei. Sentamo-nos todos, mas havia outro par de pratos na mesa.

— Alguém está demorando — disse tio Arquimedes.

— Quem? — perguntei.

A resposta veio logo. Um rapaz duns vinte e poucos anos, muito magro e usando um terno brilhante, apareceu. Isabel saltou para recebê-lo e ambos se abraçaram. O velho Arquimedes olhava-o com orgulho. A mãe estava comovida.

— Este é o Maurício — apresentou.

Apertei-lhe a mão, cretinizado.

— Não lhe disse que havia uma surpresa?

O tal rapaz era a surpresa.

— Isabel tem falado muito do senhor... — disse o rapaz. Parecia fazer força para simpatizar comigo. Tipo do bom sujeito, mas devia ser limitado e sem grandes perspectivas.

— Parente da família? — indaguei.

Ele e Isabel se entreolharam e sorriram.

— Novo parente — explicou Arquimedes.

Olhei o velho imbecil e tive raiva. Dera-lhe o meu sangue e agora o via feliz como uma criança porque a sobrinha ia casar com aquele sujeito insignificante. A mãe de Isabel também me revoltou com seu sorriso de mãe realizada.

— Eu e Maurício... — começou Isabel.

Chamava-se Maurício o filho da... Enchi um copo de vinho e tomei-o num trago. Enchi outro.

Isabel quis que o bola murcha se sentasse perto de mim para fazermos amizade. Preferia ser amigo de um camelo do deserto.

— Estou montando uma fabriqueta de pedras de isqueiro — disse ele.

Queria o meu conselho, valer-se da minha experiência ou até propor-me sociedade.

— Tire isso da cabeça — respondi.

— Por quê? — quis saber, angustiado.

— Já tive uma fabriqueta de pedras de isqueiro. Dei com os burros n'água.

O rapaz ficou aflito, mas Isabel tranqüilizou-o com um sorriso. Não precisavam de muito dinheiro para ser felizes.

Veio a comida, porém mal a experimentei.

— Não está boa? — indagou a mãe de Isabel.

— Muito salgada — respondi. — Quero vinho. — Em menos de uma hora acabei com um litro.

Tio Arquimedes me dava informações.

— O casamento vai ser na Igreja de Santa Cecília.

Eles tinham a idéia de convidar-me para padrinho.

— Não posso aceitar. Sou materialista e filosoficamente contra o casamento. Já estive preso por causa de minhas idéias. Duas vezes. Ainda acabam me mandando para Fernando de Noronha, com Arrais e a turma toda.

Maurício ouvia-me segurando a mão de Isabel; decepcionava-se comigo; eu não lhe parecia o grande amigo da família, tão comentado por Isabel e Arquimedes.

— É uma pena que não queira ser nosso padrinho — lamentou.

Eu estava bancando o idiota naquela reunião de família. O que me prendia era o vinho, mas já acabara com todo. Levantei-me, tonto, dei uns passos e cambaleei.

— Vou embora — anunciei. — Tenho um encontro com uma prostituta.

Tio Arquimedes levou-me até à porta. A mãe de Isabel escondeu-se na cozinha e Isabel e o noivo deram graças a Deus ao ver-me sair.

Não entendiam o que acontecia comigo.

— Volte algum dia — disse o velho sem ênfase.

— Claro que volto — respondi. — Vocês são formidáveis.

Fui procurar o Gianini para beber; não o encontrei, mas bebi assim mesmo. Corri todos os "inferninhos" da cidade, como nas velhas noites de pêndulo. Cheguei em casa com o sol forte, os bondes lotados, e os automóveis buzinando no trânsito congestionado.

Novembro, 23

Não entreguei a tradução que prometera à editora. Fui franco: andava sem vontade de traduzir. Houve um curto bate-boca com o diretor e eu saí com um "até logo" brusco. É horrível ficar preso a uma obrigação mensal; prefiro passar fome do que traduzir aqueles livros chatos e vazios.

Novembro, 28

É engraçado como o dinheiro acaba depressa. Estou novamente sem tostão. Mas nem à agência de publicidade tenho ânimo para ir. Quando a fome apertar, eu me mexo.

Dezembro, 2

Encontro na rua o insignificante Maurício. Vinha com um sorriso besta pela rua. Quis evitá-lo, mas ele me viu e parou. Olhei ao redor na esperança de encontrar o tal "tira" que andara na minha cola. Como eu gostaria de ver o Maurício encarcerado como comunista! Eu diria ao delegado tudo que nos pudesse comprometer. Confessaria que o rapazinho pertencia ao "grupo dos onze" e outras coisas mais.
— O senhor está passando bem?
— Muito bem – respondi. – Estou de viagem. Vou para a França, a convite do general De Gaulle.
Maurício examinava minha roupa amassada, não acreditou.
— Não é qualquer imbecil que pode ser convidado por De Gaulle – acrescentei.
— Caso-me em janeiro – informou.
Fingi não prestar atenção.
— Em janeiro já estarei em Paris. Escrevi à Brigitte Bardot avisando que vou chegar.
Desejou-me boa viagem e afastou-se.

Dezembro, 5

Não é grande o movimento nas lojas deste fim de ano. Há poucas semanas esperava o Natal ansioso para dar a Isabel um presente inédito, lindo e valioso. Queria que fosse a maior extravagância de toda a minha vida. Algo que custasse anos para pagar, cem anos talvez, beneficiado pelas maravilhas do crediário. O cão do Maurício lhe dará no Natal no máximo um vidro de perfume. Por que será que os homens menos imaginativos conquistam as mulheres mais bonitas?

Dezembro, 8

Fumei um cigarro de maconha.

Dezembro, 11

Completamente embriagado, ontem, fui passear perto da casa de Isabel. Eram duas horas da madrugada e não seria possível vê-la. Mas lá fiquei, pendulando sobre as pernas até ao amanhecer.

Dezembro, 14

Um conhecido meu, nem amigo é, pediu refúgio em minha casa. Ficou três dias entre aquelas quatro paredes, todo encolhido e com pavor da polícia. Ontem despediu-se de mim e disse que tentaria transpor a fronteira do Uruguai. Insistiu para que eu fosse junto. Quase topei a parada para fugir da lembrança de Isabel.
— Vamos, você ainda é moço e poderá ser útil à revolução.
Imaginei-me invadindo o País, gloriosamente, em trajes de general romano. Meu primeiro gesto seria ordenar o fuzilamento de Maurício e do tio de Isabel, aquele velho beberrão que hoje seria um cadáver se não fosse o meu sangue forte, vermelho e intelectualizado.
— Desculpe-me — respondi. — Continuarei lutando aqui mesmo. Este é o meu *front*.

Dezembro, 16

O dinheiro acabou e desde ontem não como nada. Saí desesperadamente à procura de amigos. Encontrei Mon Gigolô que também anda liso. Ia a um belchior vender um velho terno de tropical inglês. Bom como é, pagou-me um almoço comercial. Contei-lhe todo o meu caso com Isabel e ele me deu um conselho tardio.

— Quando ela foi a seu apartamento você deveria ter usado de todos os meios para... Você perdeu uma grande oportunidade. Não se lamente agora.

Sábio Mon Gigolô, um dos melhores homens que conheci em toda a minha vida. Como conhece sua profissão e com que seriedade estuda todos os lances do amor! Eu fui um pobre amador e recebi o castigo.

Dezembro, 20

Acho que estou numa fase de decadência total. Emagreci alguns quilos e minhas roupas se desfazem. O pior é a fome, que me atormenta. Porém, o que dói é o contraste. Essa alegria de fim de ano que observo em todos os rostos.

Dezembro, 21

Tive uma vertigem. É a fome.

Dezembro, 22

Deus não me abandonou inteiramente. Dei uma passada à Novidéia e o dono saltou ao ver-me. Havia trabalho para mim! Mostrou-me um pedido de seis textos (dois deles sobre um novo sabonete de espuma vertical).

— Onde tem andado esse tempo todo?
— Tenho trabalhado numa fábrica de pedras de isqueiro.
— Por favor, ajude-me nesses textos.

Adiantou-me oitenta mil cruzeiros. Uma fortuna.

– Amanhã os textos estarão prontos – prometi.

Fui para casa, tirei toda a roupa e sentei-me diante da máquina, minha enferrujada Underwood. Não posso brincar em serviço. A ordem é caprichar nesse trabalho. Comprei um litro de conhaque e com um gole liquidei meio copo. O cérebro começou a funcionar, estimulado pelo álcool salvador. Sou um publicitário inventivo, arrojado e anticonvencional. Os textos sobre as pílulas contra a gravidez começaram a jorrar da minha mente iluminada e adulta. No vizinho, as crianças choram, o que me estimula para a batalha. Bato as teclas com um vigor imenso. As frases atiram-se sobre o papel branco. Há ritmo e velocidade. E, principalmente, beleza de estilo, tosco e impulsivo. É a hora do ajuste de contas com essa humanidade fútil e hipócrita. Com a minha máquina de escrever vou metralhando milhões de bebês monotonamente semelhantes. Cabe a mim a missão bucólica, divina e infernal de despovoar a Terra. Eu sou o homem que vai torpedear a Arca de Noé. Que Deus me auxilie. Amém.

Bibliografia

Livros

Contos, Novelas e Romances

- *Ferradura dá sorte?* (romance), Edaglit, 1963 [republicado como *A última corrida*, Ática, São Paulo, 1982].
- *Um gato no triângulo* (novela), Saraiva, São Paulo, 1953.
- *Café na cama* (romance), Autores Reunidos, São Paulo, 1960; Companhia das Letras, São Paulo, 2004.
- *Entre sem bater* (romance), Autores Reunidos, São Paulo, 1961.
- *Enterro da cafetina* (contos), Civilização Brasileira, Rio de Janeiro, 1967; Global, São Paulo, 2005.
- *Soy loco por ti, América!* (contos), L&PM, Porto Alegre, 1978; Global, São Paulo, 2005.
- *Memórias de um gigolô* (romance), Senzala, São Paulo, 1968; Companhia ds Letras, São Paulo, 2003.
- *O pêndulo da noite* (contos), Civilização Brasileira, Rio de Janeiro, 1977; Global, São Paulo, 2005.
- *Ópera de sabão* (romance), L&PM, Porto Alegre, 1979; Companhia das Letras, São Paulo, 2003.

- *Malditos paulistas* (romance), Ática, São Paulo, 1980; Companhia das Letras, São Paulo, 2003.
- *A arca dos marechais* (romance), Ática, São Paulo, 1985.
- *Essa noite ou nunca* (romance), Ática, São Paulo, 1988.
- *A sensação de setembro* (romance), Ática, São Paulo, 1989.
- *O último mamífero do Martinelli* (novela), Ática, São Paulo, 1995.
- *Os crimes do olho-de-boi* (romance), Ática, São Paulo, 1995.
- *Fantoches!* (novela), Ática, São Paulo, 1998.
- *Melhores Contos Marcos Rey* (contos), 2. ed., Global, São Paulo, 2001.
- *Melhores Crônicas Marcos Rey* (crônicas), Global, São Paulo, prelo.
- *O cão da meia-noite* (contos), Global, São Paulo, 2005.
- *Mano Ruan* (contos), Global, São Paulo, prelo.

Infanto-juvenis

- *Não era uma vez*, Scritta, São Paulo, 1980.
- *O mistério do cinco estrelas*, Ática, São Paulo, 1981; Global, São Paulo, prelo.
- *O rapto do garoto de ouro*, Ática, São Paulo, 1982; Global, São Paulo, prelo.
- *Um cadáver ouve rádio*, Ática, São Paulo, 1983.
- *Sozinha no mundo*, Ática, São Paulo, 1984; Global, São Paulo, prelo.
- *Dinheiro do céu*, Ática, São Paulo, 1985; Global, São Paulo, prelo.
- *Enigma na televisão*, Ática, São Paulo, 1986; Global, São Paulo, prelo.
- *Bem-vindos ao Rio*, Ática, São Paulo, 1987; Global, São Paulo, prelo.
- *Garra de campeão*, Ática, São Paulo, 1988.
- *Corrida infernal*, Ática, São Paulo, 1989.
- *Quem manda já morreu*, Ática, São Paulo, 1990.
- *Na rota do perigo*, Ática, São Paulo, 1992.
- *Um rosto no computador*, Ática, São Paulo, 1993.
- *24 horas de terror*, Ática, São Paulo, 1994.
- *O diabo no porta-malas*, Ática, São Paulo, 1995.
- *Gincana da morte*, Ática, São Paulo, 1997.

Outros Títulos

– *Habitação* (divulgação), Donato Editora, 1961.
– *Os maiores crimes da história* (divulgação), Cultrix, São Paulo, 1967.
– *Proclamação da República* (paradidático), Ática, São Paulo, 1988.
– *O roteirista profissional* (ensaio), Ática, São Paulo, 1994.
– *Brasil, os fascinantes anos 20* (paradidático), Ática, São Paulo, 1994.
– *O coração roubado* (crônicas), Ática, São Paulo, 1996.
– *O caso do filho do encadernador* (autobiografia), Atual, São Paulo, 1997.
– *Muito prazer, livro* (divulgação), obra póstuma inacabada, Ática, São Paulo, 2002.

Televisão

Série Infantil

– *O sítio do picapau amarelo* (com Geraldo Casé, Wilson Rocha e Sylvan Paezzo), TV Globo, 1978-1985.

Minisséries

– *Os tigres,* TV Excelsior, 1968.
– *Memórias de um gigolô* (com Walter George Durst), TV Globo, 1985.

Novelas

– *O grande segredo,* TV Excelsior, 1967.
– *Super plá* (com Bráulio Pedroso), TV Tupi, 1969-1970.
– *Mais forte que o ódio,* TV Excelsior, 1970.
– *O signo da esperança,* TV Tupi, 1972.
– *O príncipe e o mendigo,* TV Record, 1972.

– *Cuca legal,* TV Globo, 1975.
– *A moreninha,* TV Globo, 1975-1976.
– *Tchan! A grande sacada,* TV Tupi, 1976-1977.

Cinema

Filmes Baseados em seus Livros e Peças

– *Memórias de um gigolô,* 1970, direção de Alberto Pieralisi.
– *O enterro da cafetina,* 1971, direção de Alberto Pieralisi.
– *Café na cama,* 1973, direção de Alberto Pieralisi.
– *Patty, a mulher proibida* (baseado no conto "Mustang cor-de-sangue"), 1979, direção de Luiz Gonzaga dos Santos.
– *O quarto da viúva* (baseado na peça *A próxima vítima*), 1976, direção de Sebastião de Souza.
– *Ainda agarro esta vizinha* (baseado na peça *Living e w.c.*), 1974, direção de Pedro Rovai.
– *Sedução,* Fauze Mansur.

Teatro

– *Eva,* 1942.
– *A próxima vítima,* 1967.
– *Living e w.c.,* 1972.
– *Os parceiros* (*Faça uma cara inteligente e depois pode voltar ao normal*), 1977.
– *A noite mais quente do ano* (inédita).

Biografia

Marcos Rey, pseudônimo de Edmundo Donato, nasceu em São Paulo, 1925, cidade que sempre foi o cenário de seus contos e romances. Estreou em 1953 com a novela *Um gato no triângulo*. Apenas sete anos depois publicaria o romance *Café na cama*, um dos best-sellers dos anos 60. Seguiram-se *Entre sem bater, O enterro da cafetina, Memórias de um gigolô, Ópera de sabão, A arca dos marechais, O último mamífero do Martinelli* e outros. Teve inúmeros romances adaptados para o cinema e traduzidos. *Memórias de um gigolô* fez sucesso em inúmeros países, notadamente na Alemanha, e foi também filme e minissérie da TV Globo. Marcos venceu duas vezes o prêmio Jabuti; em 1995, recebeu o Troféu Juca Pato, como o Intelectual do Ano, e ocupava, desde 1986, a cadeira 17 da Academia Paulista de Letras.

Depois de trabalhar muitos anos na TV, onde escreveu novelas para a Excelsior, Globo, Tupi e Record e de redigir 32 roteiros cinematográficos, experiência relatada em seu livro *O roteirista profissional*, a partir de 1980 passou a se dedicar também à literatura juvenil, tendo já publicado quinze romances do gênero, pela editora Ática. Desde então, como poucos escritores neste país, viveu exclusivamente das letras. Assinou crônicas na revista *Veja São Paulo*, durante 8 anos, parte delas reunidas num livro, *O coração roubado*.

Marcos Rey escreveu a peça *A próxima vítima*, encenada em 1967, pela Companhia de Maria Della Costa; *Os parceiros (Faça uma cara inteligente, depois volte ao normal)*, e *A noite mais quente do ano*. Suas últimas publicações foram *O caso do filho do encadernador*, autobiografia destinada à juventude, e *Fantoches!*, romance.

Marcos Rey faleceu em São Paulo em abril de 1999.

Impressão e Acabamento
Com fotolitos fornecidos pelo Editor

EDITORA e GRÁFICA
VIDA & CONSCIÊNCIA

R. Agostinho Gomes, 2312 • Ipiranga • SP
Fonefax: (11) 6161-2739 / 6161-2670
e-mail:grafica@vidaeconsciencia.com.br
site: www.vidaeconsciencia.com.br